CW00695178

Cornelia Funke ist mit weltweit über 15 Millionen verkauften Büchern die international erfolgreichste und bekannteste deutsche Kinderbuchautorin. Heute lebt sie in Los Angeles, Kalifornien, doch ihre Karriere als Autorin und Illustratorin begann in Hamburg. Nach einer Ausbildung zur Diplom-Pädagogin und einem anschließenden Grafikstudium arbeitete sie als freischaffende Kinderbuchillustratorin. Da ihr die Geschichten, die sie bebilderte, nicht immer gefielen, fing sie selbst an zu schreiben. Zu ihren großen Erfolgen zählen *Drachenreiter*, die Reihe *Die Wilden Hühner* und *Herr der Diebe*, der sich zudem erstmals international durchsetzte. Mit der *Tintenwelt*-Trilogie stürmte sie weltweit die Bestsellerlisten.

Cornelia Funke

Die Wilden Hühner auf Klassenfahrt

Mit Illustrationen der Autorin

Oetinger Taschenbuch

Außerdem aus der Reihe Die Wilden Hühner
bei Oetinger Taschenbuch lieferbar:
Die Wilden Hühner (Bd. 1)

Das für dieses Buch verwendete FSC®-zertifizierte
Papier Danube liefert Salzer Papier, St. Pölten, Austria.
Der FSC® ist eine nicht staatliche, gemeinnützige Organisation,
die sich für eine ökologische und sozialverantwortliche
Nutzung unserer Wälder einsetzt.

3. Auflage 2013
Oetinger Taschenbuch GmbH, Hamburg
Dezember 2011

Titelbild und Illustrationen: Cornelia Funke
Druck: GGP Media GmbH, Pößneck
ISBN 978-3-8415-0067-0

www.oetinger-taschenbuch.de

Für Frederik, Anne, Simone, Sebastian, Lina,
Katharina, Hannes, Tina und alle anderen
Wilden Hühner und Pygmäen

SPROTTE
FRIEDA
MELANIE
TRUDE

Kleiner Prolog

Das da links sind sie, die Wilden Hühner – Sprotte und ihre beste Freundin Frieda, die schöne Melanie und Trude, die ein bisschen zu dick und Melanies größte Bewunderin ist. Einen ganzen Sack voll Abenteuer haben sie schon gemeinsam erlebt, seit Sprotte die Idee hatte, eine echte Mädchenbande zu gründen. Dabei mochten die vier sich am Anfang nicht mal besonders. Aber dann wurden sie die Wilden Hühner, trafen sich jeden Tag nach der Schule, tranken Tee, fütterten die Hühner von Sprottes Oma, lösten das Rätsel des schwarzen Schlüssels – und waren plötzlich Freundinnen. Richtige Freundinnen.
Ach ja, die Wilden Hühner sind nicht die einzige Bande, von der in dieser Geschichte die Rede sein wird. Da gibt es nämlich noch vier Jungs, die mit den Hühnern in dieselbe Klasse gehen. Sie nennen sich die Pygmäen, tragen alle einen Ohrring und haben den Wilden Hühnern schon eine Menge Ärger gemacht – bis sie ihnen buchstäblich ins Netz gingen, aber das ist eine andere Geschichte …

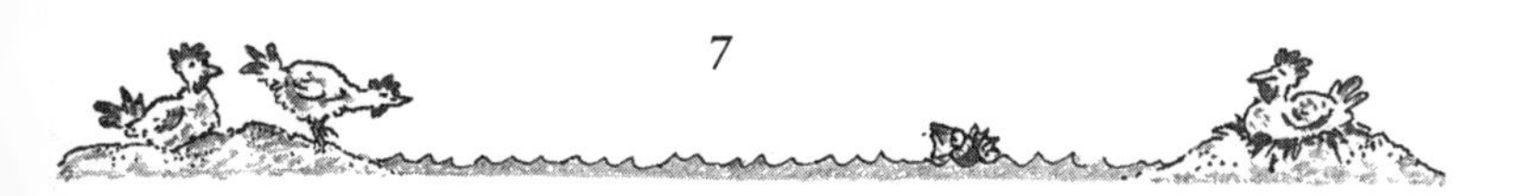

Jetzt herrscht Frieden zwischen Hühnern und Pygmäen. Seit vier Monaten. Eine verflixt lange, langweilige Zeit, finden die Jungs …
Und damit sind wir schon in einer neuen Geschichte. Also, Vorhang auf für die Wilden Hühner.

»Hier rein!«, rief Sprotte und riss die Abteiltür auf. »Schnell, beeilt euch.«

Sie warf ihre Reisetasche auf einen Sitz, die Jacke auf den nächsten und ließ sich selbst auf den Platz am Fenster plumpsen.

»Mann, hast du es wieder eilig!«, stöhnte Frieda. Mit ihrem vollgepackten Rucksack blieb sie fast in der Abteiltür stecken.

»Wo sind die andern?«, fragte Sprotte.

»Kommen gleich«, antwortete Frieda und bugsierte den Rucksack ins Gepäcknetz.

»Leg deine Jacke auf den leeren Sitz da«, sagte Sprotte. »Und zieh den Vorhang zu. Dass hier nicht noch andere reinkommen.«

Draußen auf dem Gang schoben sich ein paar Jungs aus ihrer Klasse vorbei. Fred streckte Frieda die Zunge raus, Torte und Steve schielten um die Wette.

»Guck dir die Idioten an.« Frieda kicherte, schnitt ihre

scheußlichste Grimasse und schielte zurück. Dann zog sie den Vorhang zu. Die Jungs klopften gegen die Scheibe und drängelten ins Nachbarabteil.

»Also«, Frieda ließ sich wieder auf ihren Sitz fallen. »Die Pygmäen sind nebenan. Bis auf Willi. Aber der kommt wohl noch.«

»Na, das kann ja lustig werden«, sagte Sprotte und legte die langen Beine auf den Sitz gegenüber.

Jemand schob die Abteiltür auf. Melanie, auch die Schöne Melanie genannt, steckte den Kopf durch den Vorhang. »Wie sieht's aus, ist hier noch Platz für zwei Wilde Hühner?«

»Hereinspaziert«, sagte Sprotte. »Ist Trude bei dir?«

»Klar.« Melanie schob eine riesige Reisetasche ins Abteil.

»Morgen«, murmelte Trude verschlafen.

»Meine Güte.« Sprotte half Melanie, ihre Riesentasche ins Gepäcknetz zu hieven. »Was hast du denn alles mitgenommen? Deinen ganzen Schminktisch, oder was?«

»Haha!« Melanie setzte sich neben Frieda und strich sich die Locken aus dem Gesicht. »Klamotten natürlich. Am Meer weiß man nie, wie das Wetter wird.«

Sprotte zuckte die Achseln. »Hauptsache, du hast deine Kette dabei.«

»Na, was denkst du denn?« Melanie polierte mit einem Taschentuch ihre Lackschuhe. Um ihren Hals baumelte ein Kettchen mit einer Hühnerfeder. Genau wie bei den drei andern, nur dass deren Federn an Lederbändern hingen.

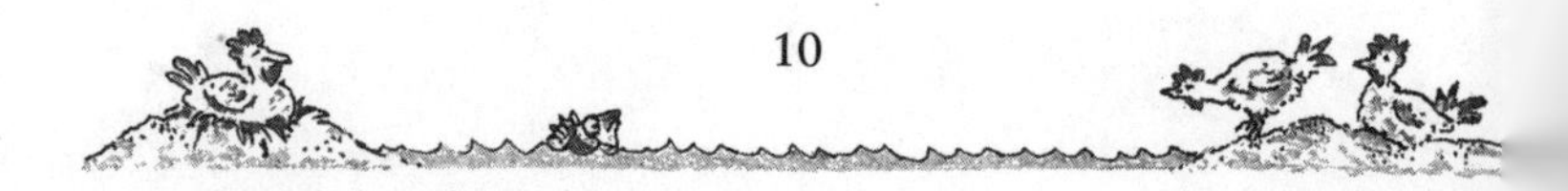

Die Feder um den Hals war das Bandenzeichen, und nur ein echtes Wildes Huhn durfte sie tragen.
»Ich glaub, es geht los«, sagte Trude.
Mit einem Ruck setzte sich der Zug in Bewegung. Langsam fuhr er aus dem dunklen Bahnhof hinaus ins Sonnenlicht.
»Genau das richtige Wetter für unsere Inselreise, was?« Melanie zog eine Tüte Gummibärchen aus der Jacke und hielt sie den andern dreien hin. »Hier, auf eine tolle Klassenfahrt.«
Sprotte und Frieda bedienten sich, aber Trude schüttelte den Kopf. »Nee, danke, ich bin auf Diät.«
»Seit wann das denn?«, fragte Sprotte.
»Seit vorgestern.« Verlegen zupfte Trude an ihrem Pony herum. »Ein Pfund hab ich schon abgenommen. Jedenfalls fast.«
»Auf Diät bei einer Klassenfahrt?« Melanie kicherte. »Keine schlechte Idee. Bei dem Essen, das uns wahrscheinlich erwartet.«
»Stimmt.« Sprotte guckte aus dem Fenster und schrieb mit dem Finger ihren Namen auf die staubige Scheibe. Der Zug fuhr über eine Eisenbahnbrücke. Unter ihnen glitzerte der schmutzige Fluss im Sonnenlicht. »Wisst ihr was, ich bin richtig aufgeregt.«
»Ach ja? Gestern wolltest du uns noch alle überreden, krankzuspielen, damit wir zu Hause bleiben können«, sagte Frieda.
»Ja, gestern«, sagte Sprotte. »Gestern ist vorbei.«
Nebenan sangen die Pygmäen Fußballlieder.

»Vollkommen unbegabt«, stellte Melanie fest. »Was meint ihr, sollen wir auch mal was singen?«
Sprotte stöhnte. »O nein! Verschon uns bitte.«
»Melanie hat eine gute Stimme«, sagte Trude. »Sie singt sogar im Chor. Erster Sopran.« Trude war Melanies größter Fan. Sie himmelte sie an. Vierundzwanzig Stunden am Tag.
»Na wunderbar!« Spöttisch verzog Sprotte das Gesicht. »Aber wenn sie hier singt, spring ich aus dem Fenster.«
Melanie machte gerade den Mund auf, um darauf etwas nicht sehr Freundliches zu erwidern, als es an der Abteiltür klopfte.
»Der Schaffner«, wisperte Trude. »Mein Gott, wo hab ich denn bloß meine Fahrkarte?«
Aber es war nur Torte, das kleinste und lauteste Bandenmitglied der Pygmäen.
»Hallo, ihr Federviecher!«, rief er. »Hier ist eine Nachricht für euch.«
Dann warf er Frieda einen zusammengerollten Zettel in den Schoß, machte einen Knicks und knallte die Tür wieder zu.
»Oh!« Melanie verdrehte die Augen. »Ich wette, das ist eine Liebesnachricht. Torte hat schon lange ein Auge auf Frieda geworfen.«
»Quatsch!«, murmelte Frieda, aber krebsrot wurde sie trotzdem.
»Er hat Melanie auch schon mal Liebesbriefe geschrieben«, flüsterte Trude mit Verschwörerstimme.

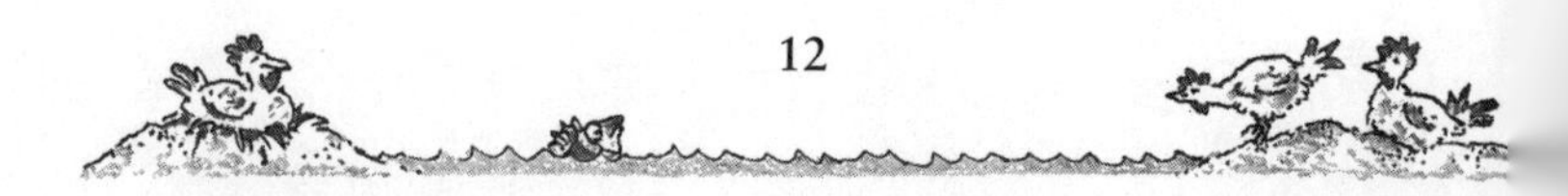

»Na, das ist aber schon ’ne Ewigkeit her«, sagte Sprotte. »Los, Frieda, lies endlich vor.«
Widerstrebend rollte Frieda den Zettel auseinander. Die übrigen Hühner beugten sich neugierig vor.
»Kein Liebesbrief«, stellte Sprotte fest. »Das ist Freds Klaue.«
Fred war der Chef der Pygmäen.
»›Warnung an die Wilden Hüner‹«, las Frieda vor. »O Mann, nicht mal ›Hühner‹ schreibt der richtig. Warum nennen die sich nicht einfach ›die Analphabeten‹?«
»Was denn für ’ne Warnung?«, fragte Trude. Beunruhigt rückte sie ihre Brille zurecht.
»Moment«, Frieda strich den Zettel glatt, »das ist gar nicht so leicht zu entziffern. ›Hiermit verkünden wir, die berüchtichten Pygmäen, das der Friedensvertrak mit den jämmerlichen Wilden Hünern an fremden Orten nicht gültig ist. Also nehmt euch in Acht, Hüner. Unterschrift: die Pygmäen.‹«
Frieda hob den Kopf. »O nein, jetzt geht das wieder los.«
»Hab ich’s mir doch gedacht!«, rief Sprotte. Sie klatschte in die Hände. »Wunderbar, das werden sie bereuen.«
»Aber auf dem Schiff gilt der Friedensvertrag doch noch, oder?«, fragte Trude. Schon bei dem Gedanken an die Fähre, die sie zur Insel bringen sollte, wurde sie leicht grün im Gesicht.
»Nicht dass die mir die Kotztüten klauen. Ich werd nämlich bestimmt seekrank.«

Sprotte zuckte die Achseln. »Das ist Verhandlungssache, würde ich sagen. Ich werd das mit Fred klären.«
»So sehr schaukeln diese Fähren auch gar nicht«, sagte Frieda.
»Und außerdem …«, Melanie kicherte, »außerdem ist das doch gar nicht schlecht für deine Diät.«
Darüber konnte Trude nur gequält lächeln.

Trude wurde seekrank. Obwohl das Meer an diesem Tag ganz friedlich war und die alte Fähre, die sie nahmen, überhaupt nicht ins Schlingern kam.
Aber Trude war nicht die Einzige. Auch Frau Rose, ihre Lehrerin, verschwand ständig auf dem Klo, und Steve, der Hauszauberer der Pygmäen, bekam nicht einen Kartentrick zustande. Schon bald war sein rundes Gesicht so grün wie der Fußboden der Cafeteria.
Während Trude die Überfahrt auf dem stinkigen Fährenklo verbrachte, hing Melanie die ganze Zeit mit Fred und Torte vor einem Spielautomaten. Sprotte fand das angesichts des gekündigten Friedensvertrages ziemlich geschmacklos, aber sie hatte keine Lust, sich zu ärgern. Stattdessen ging sie mit Frieda an Deck. Sie guckten aufs Meer, ließen sich den salzigen Wind um die Nase wehen und fühlten sich wunderbar. Frieda war froh, ein paar Tage von zu Hause wegzukommen, denn seit ihre Mutter wieder arbeitete, musste sie noch öfter als früher auf ihren kleinen Bruder aufpassen. Und Sprotte –

Sprotte fand, dass es eigentlich nichts Besseres gab, als mit der besten Freundin an einer Schiffsreling zu lehnen und aufs Meer hinauszusehen. Und Frieda war ihre beste Freundin.
»Wäre nicht schlecht, so eine Möwe zu sein, was?«, sagte Frieda. »Würde mir, glaub ich, gefallen.«
»Da müsstest du aber den ganzen Tag nur rohen Fisch essen.« Sprotte beugte sich über die rostige Reling und spuckte runter in die grauen Wellen. »Ich glaub, ich wär lieber Piratin. Auf einem großen Segelschiff, wo über einem die Segel im Wind knattern und die Taue knarren. Da würde ich jede Nacht im Mastkorb schlafen, bis ich alle Sterne auswendig wüsste.«
»Hört sich auch nicht schlecht an«, seufzte Frieda. Sie blinzelte in die Sonne. »Guck mal da vorne. Ich glaub, das ist unsere Insel.«
Vom Schiff ging es gleich in einen Bus. Als der endlich vor dem Landschulheim vorfuhr, war es früher Nachmittag.
Frau Rose war immer noch ein bisschen wackelig auf den Beinen von der Schiffsfahrt, aber trotzdem schaffte sie es, die ganze Klasse einigermaßen still um sich zu versammeln. Herr Staubmann, Deutschlehrer und »männliche Begleitperson« bei dieser Reise, stand wie immer etwas abwesend in der Gegend herum und guckte gelangweilt. »Also«, Frau Roses Stimme klang etwas zittriger als sonst. »Unsere Zimmer sind im ersten Stock, den rechten Flur hinunter. Kein Geschubse, kein Gedrängel, für jeden von euch ist ein Bett

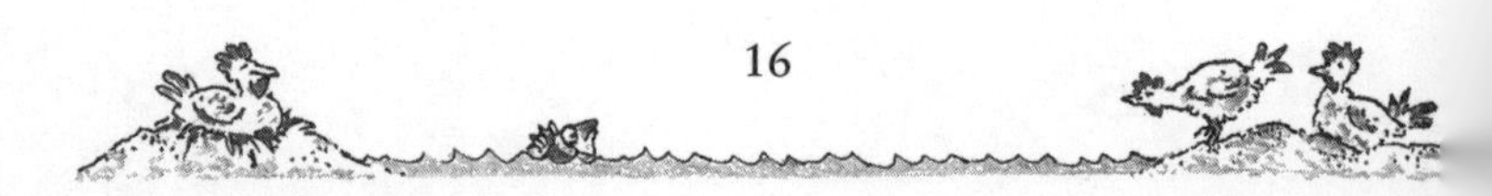

da. Ihr bringt jetzt in aller Ruhe euer Gepäck auf die Zimmer, und um vier Uhr treffen wir uns wieder hier unten in der Eingangshalle und machen einen kleinen Strandspaziergang. Einverstanden?«
»Strandspaziergang!« Torte verdrehte die Augen. »Hört sich nicht sehr aufregend an.«
Frau Rose guckte ihn ein Mal an, und er war still. So was konnte sie perfekt.
»Was ist mit Essen?«, fragte Steve besorgt. Sein Gesicht hatte wieder die übliche rosige Farbe.
»Mittagessen gibt's hier immer um Punkt eins«, sagte Frau Rose. »Also bekommen wir heute nichts. Deshalb solltet ihr ja auch alle etwas Proviant mitbringen.«
»Den hab ich schon aufgegessen«, sagte Steve mit kläglicher Stimme.
»Und ausgekotzt!«, fügte Fred mit breitem Grinsen hinzu.
»Du wirst schon nicht vom Fleisch fallen, Steve«, brummte Willi. »Bis zum Abendbrot reicht deine Speckschicht ganz bestimmt.«
Steve wurde rot, und Frau Rose klatschte in die Hände.
»Also«, sagte sie, »auf die Zimmer mit euch. Herr Staubmann und ich machen nachher einen Rundgang.«
»Los!«, zischte Sprotte den anderen Hühnern zu. »Das erste Zimmer ist unsers.«
So schnell sie konnten, rannten sie los. Mit Melanies Riesentasche war das allerdings gar nicht so einfach. Zwar half

Trude ihr beim Tragen, aber trotzdem wurden sie auf der Treppe von etlichen anderen überholt. Das erste Zimmer war schon voll, als die Wilden Hühner oben waren. Im nächsten saßen zwei Jungen.
Außer Atem stürzte Sprotte in das dritte.
»Verflixt, Sechserzimmer!«, schimpfte sie. »Sind das hier alles Sechserzimmer?«
Frieda und Melanie kamen herein und guckten sich um. »Also, ich schlaf oben«, sagte Melanie. »Unten krieg ich keine Luft.«
»Ich nehm das da.« Sprotte schleppte ihre Tasche zum obersten Bett am Fenster. »Okay?«
»Mir ganz egal«, sagte Frieda und stellte ihren Rucksack auf das Bett darunter.
»Wo bleibt denn Trude?«, fragte Sprotte nervös. Schon ein paar Mal hatte jemand den Kopf durch die Tür gesteckt, aber noch war niemand anders ins Zimmer gekommen.
»Trude ist die Tasche aufgegangen«, sagte Melanie und steckte sich ein Kaugummi zwischen die schneeweißen Zähne. »Mitten auf der Treppe. Die muss jetzt erst mal ihre ganzen Sachen aufsammeln.«
»Wie, da hast du sie allein gelassen?«, fragte Frieda. »Sie hat dir doch auch geholfen mit deiner Riesentasche.«
»Na, ich musste doch erst mal meine Tasche aufs Zimmer bringen!«, sagte Melanie empört.
»Ich geh ihr helfen!« Frieda lief zur Tür.

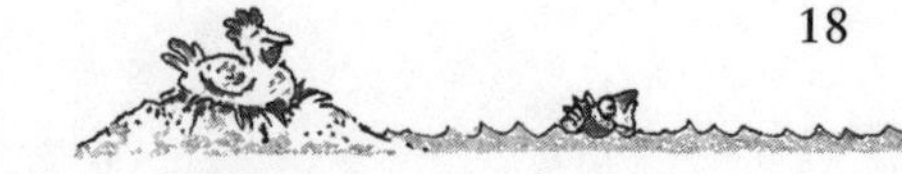

»Aber wie soll ich denn allein die ganzen Betten frei halten?«, rief Sprotte ihr nach.
»Ach, das schafft ihr schon«, antwortete Frieda. Dann war sie verschwunden.
Melanie und Sprotte guckten sich an.
»Du brauchst gar nicht so zu gucken!«, fauchte Melanie. »Jetzt bin ich wieder schuld, was?«
Wieder ging die Zimmertür auf. Drei Mädchen aus ihrer Klasse guckten herein.
»Ist hier noch was frei?«, fragte die eine schüchtern. Wilma hieß sie. Neben ihr stand Matilda, die noch ganz neu in der Klasse war.
»Klar ist hier noch frei«, sagte Nora, die dritte. Sie schob sich an den anderen beiden vorbei ins Zimmer.
»Nee, ist es nicht.« Ärgerlich versperrte Sprotte ihr den Weg. »Frieda und Trude kommen gleich noch.«
»Na und?« Nora warf ihre Tasche auf das obere Bett, das noch frei war. »Bleiben noch zwei Betten übrig. Das kann doch sogar ein Hühnerhirn erfassen.«
Sprotte kniff die Lippen zusammen. Melanie sagte gar nichts. Die putzte schon wieder an ihren Schuhen herum.
»Hallo!« Frieda kam mit der schnaufenden Trude im Schlepptau ins Zimmer zurück.
»Seht ihr?« Sprotte verschränkte die Arme. »Die zwei gehören zu uns. Eine von euch muss raus.«
Wilma und Matilda guckten sich an. »Also, ich geh nicht«,

sagte Wilma. »Es ist nur noch nebenan was frei. Und da sind die Zicken. Da geh ich nicht rein.«
»Tja, herzliches Beileid, aber eine von euch muss da wohl rein!« Schnell nahm Sprotte Trude ihre Tasche ab und warf sie auf das Bett unter Melanies.
Die saß oben und bürstete ihre Haare. »Ich kann auch rübergehen«, sagte sie. »Macht mir nichts, wirklich.«
»Spinnst du?« Entgeistert guckte Sprotte zu ihr hoch. »Wir haben doch geschworen zusammenzubleiben. Hast du das vergessen?«
»Geschworen! Oje!« Nora schnitt eine Grimasse, holte ein Comicheft aus ihrer Tasche und machte es sich damit auf ihrem Bett bequem. »Ach ja, ihr vier seid ja 'ne Bande. Wilde Enten oder so was.«
Wütend guckte Sprotte zu ihr hinüber.
Wilma und Matilda standen immer noch in der Tür.
»Ach, ich geh schon«, murmelte Matilda.
Ohne noch irgendjemand anzusehen, zog sie ihre Tasche wieder auf den Flur hinaus. Die Tür machte sie hinter sich zu.
Vorwurfsvoll guckte Frieda Sprotte an. »Hättest du nicht ein bisschen netter sein können? Die ist sowieso so viel alleine. Und jetzt muss sie auch noch ins Zickenzimmer. Und sich da jeden Abend das Gerede über Jungs und Klamotten anhören.«
»Also, so schlimm sind die nun auch nicht«, sagte Melanie.

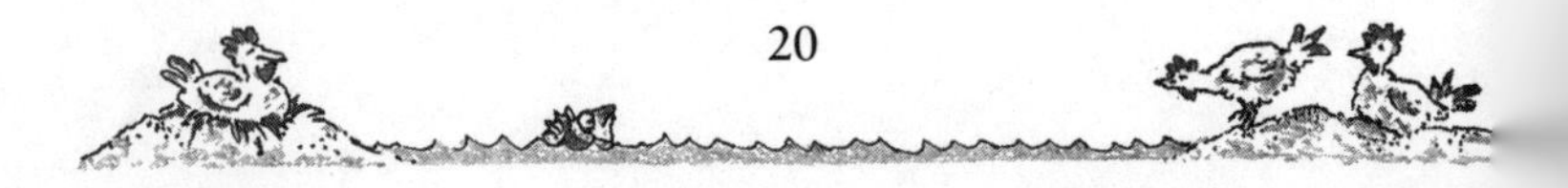

»Ach ja?« Sprotte warf ihr einen ärgerlichen Blick zu. »Na, du warst ja ganz scharf drauf, rüberzukommen.«
»Hört doch auf, euch zu streiten!«, rief Trude. Ihr schossen die Tränen in die Augen. Trude hatte nah am Wasser gebaut.
Mit zufriedenem Lächeln stellte Wilma ihre Tasche auf das Bett unter Noras. Dann setzte sie sich daneben.
»Wisst ihr was?« Aufgeregt wippte sie auf der Matratze herum. »Eigentlich wollte ich sowieso in euer Zimmer. Ich möchte nämlich auch ein Wildes Huhn werden.«
Sprotte runzelte die Stirn. »Ach ja? Geht aber nicht. Vier sind genug. Außerdem ...«, sie rieb sich die Nase, »außerdem muss man erst mal mindestens ein Abenteuer bestehen, um ein Wildes Huhn zu werden. Eine Prüfung, verstehst du?«
»Was denn für eine Prüfung?«, fragte Trude verblüfft. »Also, ich hab keine ...«
Sprotte warf ihr einen warnenden Blick zu, und Trude klappte den Mund schnell wieder zu.
»Weißt du was, Wilma?«, Melanie sprang von ihrem Bett runter. »So supertoll ist es sowieso nicht, ein Wildes Huhn zu sein.«
Sprotte sah aus, als würde sie jeden Moment platzen.
»Obwohl«, fuhr Melanie fort, »man hat schon eine Menge Spaß, eine ganze Menge. Zum Beispiel, wenn man Fische fängt.«
»Fische?«, fragte Wilma verständnislos.
»Pygmäenfische«, sagte Melanie.

Die anderen Hühner grinsten. O ja, an dieses Abenteuer erinnerten sie sich alle. Und die Pygmäen würden es auch bestimmt ihr Leben lang nicht vergessen. Wirklich erstaunlich, dass sie sich nach der Niederlage trauten, den Friedensvertrag zu brechen.
»Wo sind die Pygmäen denn eigentlich abgeblieben?«, fragte Sprotte.
»Können wir ja mal rausfinden«, sagte Frieda. »Wie geht's dir, Trude?«
»Och, seit der Boden nicht mehr wackelt, ganz gut«, antwortete Trude.
Wilma sprang von ihrem Bett auf. »Kann ich mitkommen?«, fragte sie.
»Nein!«, sagte Sprotte und machte die Tür auf.
Melanie streckte den Kopf aus dem Zimmer. »Nichts los auf dem Flur!«, meldete sie. »Es stinkt nur nach Staubmanns Zigaretten.«
»Na, dann los!«, flüsterte Sprotte.
Leise wie alte Indianer huschten die Wilden Hühner auf den Flur hinaus.
Nora rührte sich nicht hinter ihrem Comicheft, aber Wilma guckte neidisch hinter ihnen her.

Die Pygmäen steckten in einem Vichererzimmer, am anderen Ende des Flurs. Direkt hinter den Waschräumen. Es war nicht schwer, das herauszufinden, denn ihre Tür stand sperrangelweit offen und Tortes Stimme war den ganzen Flur runter zu hören. Er erzählte wieder mal Witze, über die nur er selber lachte.

Und Frieda. Frieda war die Einzige in der Klasse, die bei Tortes Witzen loskichern musste. Jetzt auch.

»Hör auf zu kichern!«, flüsterte Sprotte, während sie sich an die offene Tür heranschlichen.

»'tschuldigung!«, flüsterte Frieda, aber sie kicherte gleich wieder los.

»Na gut, dann bleibst du eben hier«, zischte Sprotte. »Du und Trude, ihr kriegt raus, wo die Lehrerzimmer sind. Komm, Melanie.« Lautlos schlichen die beiden weiter, bis sie direkt neben der offenen Tür der Pygmäen standen.

»He, guckt mal«, verkündete Steve gerade, »ich kann einen neuen Trick.«

»Den kennen wir schon, Stevie«, sagte Fred. »Willi, mach mal die Tür zu. Zeit für eine Hühnerbesprechung.«
»Okay.« Schritte kamen näher. Melanie und Sprotte drückten sich, so eng es ging, an die Wand.
»Moment mal«, hörten sie Willi sagen. »Hier riecht's doch nach …«
Mit einem Satz war er auf dem Flur.
»Hallo, Melanie«, sagte Willi mit seinem schönsten Frankenstein-Grinsen. »Wusste ich doch, dass das dein Parfüm ist. He, Fred, guck mal, wer da ist.«
»Bildet euch bloß nichts ein!« Sprotte tat, als würde sie durch die zwei hindurchgucken. »Wir wollten bloß zu den Waschräumen.«
»Ach ja? An denen seid ihr glatt vorbeigelaufen«, antwortete Fred. »Ihr solltet euch die Blinden Hühner nennen.«
»Wisst ihr, was man mit Spionen macht?«, fragte Willi.
»Nee, was denn?« Melanie machte eine Kaugummiblase und ließ sie genau vor Willis Nase zerplatzen. Das musste man ihr lassen, ängstlich war sie nicht. Wo doch jeder wusste, dass Willi nicht mal einen Fingerhut Humor hatte.
»Also, wenn du nicht ein Mädchen wärst«, knurrte Willi, »dann …«
»Vergiss es«, Fred zog ihn ein Stück zurück.
Melanie aber hakte sich bei Sprotte ein, grinste den Jungs noch mal zu und zog Sprotte in den Waschraum.
»Mensch, Melanie!« Sprotte riss ihren Arm los. »Musst du

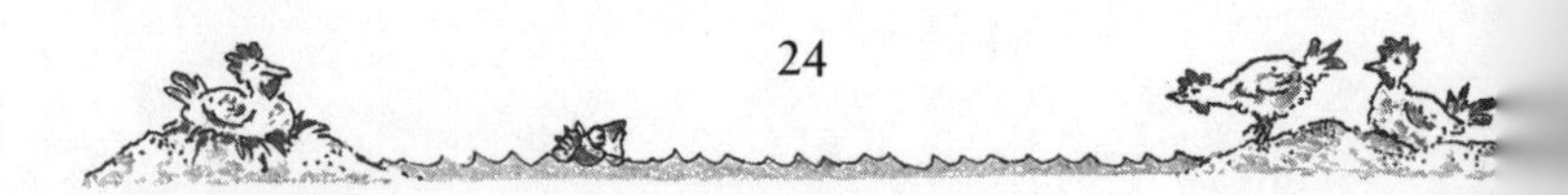

dich unbedingt immer von oben bis unten mit diesem blöden Parfüm einsprühen? Jetzt haben wir keine Ahnung, was die vorhaben.«
Melanie zuckte die Schultern und betrachtete sich im Spiegel. »Na und? Macht die Sache doch nur spannend, oder?« Sie zog eine kleine Bürste aus der Rocktasche und fing an, sich das Haar zu bürsten.
Sprotte konnte es nicht fassen.
»Was war los?« Atemlos kam Trude in den Waschraum. »Wir haben gesehen, dass sie euch erwischt haben.«
Sprotte nickte. »Weil Melanie gern wie 'ne Blume auf zwei Beinen duftet. Das Einzige, was wir wissen, ist, wo ihr Zimmer ist.«
»Die Lehrer sind da, wo man die Treppe raufkommt«, sagte Trude. »Genau am Anfang vom Flur. Bei Staubmann kommt der Rauch schon unter der Tür durch, und Frau Rose hat ihr Namensschild an die Klinke gehängt.« Melanie war mit dem Bürsten fertig. »Wo ist Frieda?«, fragte sie.
»Ach, die wollte noch mal nachsehen, wo Matilda gelandet ist. Tat ihr leid, das mit dem Zimmer.«
»Sagt ihr, sie soll mir den Babymelder bringen«, sagte Sprotte. »Und zwar schnell.«
»Was für ein Babymelder?«, fragte Melanie.
»Ich hab Frieda gesagt, sie soll den Babymelder von ihrem kleinen Bruder mitbringen«, antwortete Sprotte. »Wenn die Jungs nachher runtergehen, flitz ich in ihr Zimmer und ver-

steck das Ding da. Ihr müsst nur dafür sorgen, dass sie nicht noch mal hochkommen.«
»Och, das wird Frau Rose schon«, meinte Trude. »Aber was soll das mit dem Babymelder?«
»Damit können wir die Pygmäen abhören«, sagte Sprotte. »Nicht besonders deutlich, aber besser als nichts. Hab ich zu Hause mit Frieda ausprobiert.«
Melanie grinste. »Nicht schlecht.« Sie guckte auf ihre Uhr. »In zehn Minuten müssen wir unten sein. Komm nicht zu spät. Du weißt, so was mag die Rose gar nicht.«
Sprotte nickte. »Schon klar. Schickt ihr nur schnell Frieda her.«
Keine Minute später hörte Sprotte jemanden den Flur herunterhasten.
Sie sprang vom Fensterbrett, auf dem sie es sich halbwegs bequem gemacht hatte – und blieb wie angewurzelt stehen.
»Hallo, Frieda«, hörte sie Torte sagen. Er musste genau vor der Waschraumtür stehen.
»Hallo!«, antwortete Frieda etwas außer Atem.
»Wie, ähm«, Torte räusperte sich, »wie ist denn euer Zimmer?«
Sprotte legte ein Ohr an die Tür. Was sollte das denn werden?
»Gut«, sagte Frieda. »Wir gucken genau aufs Meer.«
»Toll.« Das war wieder Torte. »Wir leider nicht. Ich mag das Meer. Du auch?«
»Ehm. Ja. Sehr«, sagte Frieda.

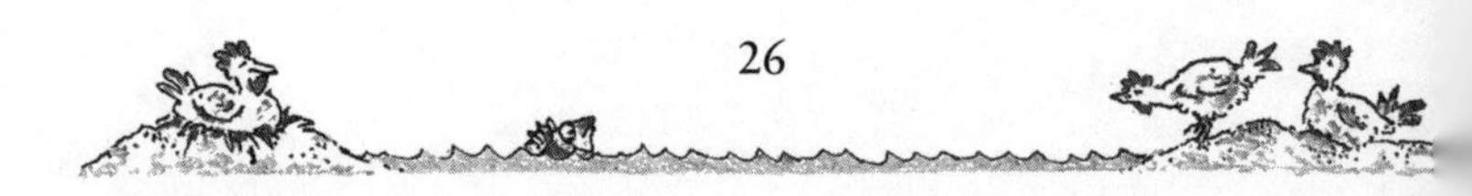

Sprotte guckte auf die Uhr. Gleich vier. Wie lange wollten die zwei da draußen denn noch über nichts reden?
»Was hast du denn da für 'n komisches Ding in der Hand?«
Oje. Der Babymelder. Jetzt wurde es brenzlig. Frieda konnte doch so schlecht lügen.
»Das? Ach, das!« Frieda kam ins Stottern. »Das ist, ehm, das, das ist ein Ladegerät für – für meine elektrische Zahnbürste.«
»Komisches Ding«, sagte Torte. »Na dann, wir sehen uns, ja? Ich lad dich mal zum Eis ein.«
»Okay«, meinte Frieda.
Dann rettete sie sich endlich in den Waschraum. Sprotte bekam fast die Tür an den Kopf.
»Mensch, was war das denn?«, zischte sie. »Ich hab mir hier fast die Beine in den Bauch gestanden.«
»Da.« Frieda legte den Babymelder auf ein Waschbecken. »Was sollte ich denn machen?«
»Ladegerät für deine Zahnbürste!« Sprotte kicherte. »Nicht schlecht. Aber jetzt mach, dass du runterkommst. Sag Frau Rose, ich sitz noch auf dem Klo.«
»Okay. Bis gleich«, sagte Frieda. Dann war sie wieder verschwunden.
Und Sprotte wartete darauf, dass die Pygmäen endlich auch nach unten gingen.

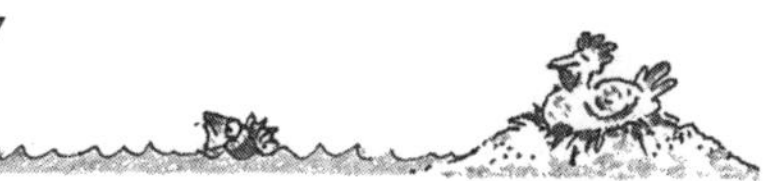

Das Wetter war immer noch wunderschön, als Frau Rose die ganze Klasse zum Strand hinunterführte. Herr Staubmann sicherte die Nachhut und warf ab und zu einen gelangweilten Blick aufs Meer.
Sprottes kleine Verspätung hatte ihr eine Ermahnung von Frau Rose eingetragen, aber bei den Pygmäen schien die Sache keinen Verdacht erregt zu haben. Direkt neben Freds Bett hatte Sprotte eine wunderbare Steckdose für den Babymelder gefunden. Dort wartete er nun, hinter einem Fenstervorhang verborgen, auf seinen Einsatz. Sprotte konnte es kaum erwarten.
»Wunderschön, was?« Frieda stolperte fast über ihre Füße, weil sie ununterbrochen aufs Meer hinaussah.
»Hm, toll«, murmelte Trude. Frustriert knabberte sie an einem Apfel herum, während Steve nur ein paar Schritte weiter eine große Chipstüte leer machte.
Allzu zufrieden sah Melanie auch nicht aus. »Also, eins ist wirklich blöd am Meer, dieser ewige Wind!«, maulte sie.

»Fühlt sich an, als ob er einem ins eine Ohr reinbläst und aus dem andern wieder raus.«
»Setz dir doch 'ne Mütze auf«, sagte Sprotte. »Das sieht zwar nicht gut aus, aber deine Ohren sind warm.«
Melanie ignorierte die Bemerkung.
»He, Sprotte!« Jemand zupfte sie von hinten am Ärmel. Es war Wilma. »Guck mal, was ich mir gemacht habe.« Stolz hielt sie Sprotte ein Band mit einer Feder unter die Nase.
Sprotte kniff ärgerlich die Augen zusammen. »He, so was dürfen nur echte Wilde Hühner tragen. Mach das sofort ab, klar?«
Beleidigt steckte Wilma die Feder wieder unter den Pullover.
»Nee, mach ich nicht«, sagte sie. »Außerdem ist es sowieso nur eine Möwenfeder, und du kannst mir ja wohl nicht verbieten, so was umzuhängen, oder?«
Frieda grinste, und Trude musste kichern. Sprotte warf den beiden einen wütenden Blick zu.
Wilma zupfte sie schon wieder am Ärmel. »He, Sprotte! Wie wär's? Soll ich vielleicht ein bisschen für euch kundschaften? Oder Wache stehen? Wachen hat man doch nie genug.«
»Nee!« Genervt legte Sprotte einen Schritt zu, aber Wilma kam hinter ihr her, obwohl Sprottes Beine fast doppelt so lang waren wie ihre. Die anderen kicherten schon wieder.
»Vergiss es!«, fauchte Sprotte. »Unsere Bande ist komplett.«
Wilma guckte sich nach allen Seiten um und senkte die

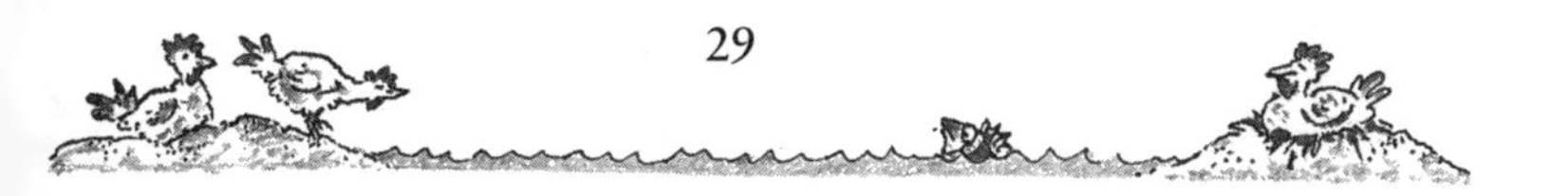

Stimme. »Ich könnte die Pygmäen belauschen«, raunte sie. »Bei mir schöpfen sie keinen Verdacht.«
»Da ist was dran«, sagte Melanie.
»Ja, genau.« Trude versuchte ihre Apfelkröse ins Meer zu werfen, traf aber stattdessen Steve am Hinterkopf. Hastig zog sie den Kopf ein. Steve sah sich überrascht um, konnte aber niemand Verdächtiges entdecken.
»Das Belauschen hab ich schon geregelt«, brummte Sprotte. »Ich hab ...«
»Lass es sie doch mal versuchen«, unterbrach Frieda sie. »Diese Babymelder knacken dauernd, und außerdem können die Jungs das Ding ziemlich leicht finden.«
»Na gut!« Sprotte zuckte die Achseln. »Aber das heißt nicht, dass sie zur Bande gehört.«
»Oh, danke!«, flüsterte Wilma. »Super, klasse! Ich mach mich gleich an die Arbeit.«
Sie sah sich um. Willi und Torte planschten mit hochgekrempelten Hosenbeinen im eiskalten Wasser rum und spritzten alles nass, was in ihre Reichweite kam. Von denen waren kaum Geheiminformationen zu erwarten. Also heftete Wilma sich unauffällig an Freds Fersen. Der sammelte Muscheln und Steine und stopfte seine Fundstücke in Steves Rucksack. Wilma musste aufpassen, dass sie ihn nicht über den Haufen rannte.
»Guckt euch die an!« Melanie kicherte. »Wilma, unsere Geheimwaffe.«

»Also, ich kümmer mich mal ein bisschen um Matilda«, sagte Frieda und stapfte durch den Sand zu der Neuen hinüber, die ganz allein am Meer entlangging. Sofort hörte Torte auf, Willi über den Strand zu jagen, und schlenderte zu den beiden Mädchen hinüber. Misstrauisch sah Sprotte ihm nach.
»Na«, Melanie stieß sie in die Seite. »Ich hab doch recht gehabt, oder? Er hat es auf Frieda abgesehen. Wahrscheinlich, weil sie als Einzige über seine dummen Witze lacht.«
»Vielleicht will er sie auch nur aushorchen«, murmelte Sprotte. »Über unsere Pläne.«
»Sprotte!« Melanie verdrehte die Augen. »Du hast wirklich keine Ahnung. Du denkst immer, den andern ist dieser Bandenquatsch genauso wichtig wie dir.«
»Wieso Quatsch?« Ärgerlich guckte Sprotte Melanie an. »Du hast doch auch deinen Spaß dabei, oder?«
»Klar, klar«, Melanie strich sich die windzerzausten Locken aus der Stirn. »Aber das da«, sie zeigte auf Torte und Frieda, »das ist was anderes. Wollen wir wetten? Um zwei Päckchen Kaugummi. Morgen kriegt sie einen Liebeszettel von ihm.«
»Okay, Wette gilt.« Sprotte bückte sich und hob eine Muschel auf. Die waren wirklich hübsch. »Was treibt eigentlich diese Nora?«, fragte sie.
»Och, die ist meistens mit den andern beiden zusammen, die auch sitzen geblieben sind«, sagte Trude.
Sprotte nickte. Mit düsterer Miene guckte sie aufs Meer hinaus. »Die Jungs haben Glück«, murmelte sie, »die haben

ein Viererzimmer. Und wir sitzen mit Nora und Wilma da. Nicht mal eine anständige Bandenbesprechung können wir so im Zimmer machen.«
»Klar können wir. Wilma ist ein großer Fan von dir, und Nora …«, Melanie hob ein paar kleine Steine auf und warf sie ins Meer, »Nora will von uns allen sowieso nichts wissen. Für die sind wir alle doofe Babys, mit denen sie jetzt leider in einer Klasse sitzt.«
»Hm«, brummte Sprotte.
Sie hätte trotzdem lieber ein Viererzimmer gehabt.
Endlos weit waren sie schon durch den feuchten Sand gestapft, als Staubmann mit langen Schritten Frau Rose einholte, ihr mit freundlichem Lächeln seine Armbanduhr unter die Nase hielt und sie davon überzeugte, dass es Zeit war, sich auf den Rückweg zu machen. Tief hing die Sonne über dem Meer. Die Ebbe kam, und das Wasser wich zurück wie ein großes, träges Tier.
»Ich dachte schon, die Rose läuft bis zum Horizont!«, stöhnte Trude. »Ich bekomm kaum noch die Füße hoch. Und einen Hunger hab ich. Zum Verrücktwerden. Ich hoffe, das geht nicht jeden Tag so.«
»Oh, Wanderungen stehen jede Menge auf dem Programm«, sagte Melanie. »Dünenwanderung, Strandwanderung, Nachtwanderung …«
Trude seufzte.
Die Pygmäen waren anscheinend auch müde. Lustlos trotte-

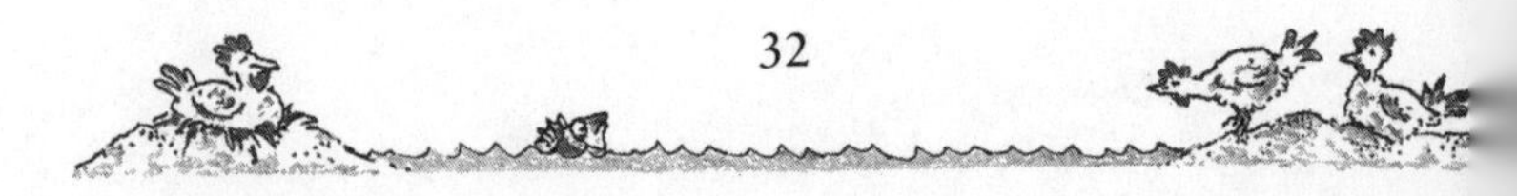

ten sie mit Titus und Bernd, den beiden größten Angebern der Klasse, am Meer entlang.
Also gab Wilma das Spionieren auf und kam zurück zu den Wilden Hühnern. Ganz unauffällig natürlich. Zwischen Sprotte und Melanie hockte sie sich hin und tat so, als ob sie ihr Schuhband zumachte.
»Titus, dieser Langweiler, erzählt wieder von seinen Tauchabenteuern«, flüsterte sie. »Drei Mörderhaien ist er schon entwischt. Aber bevor der dazukam, haben sie sich die ganze Zeit über Fußball unterhalten. Vielleicht ist das ja ein Geheimcode. Sie benutzen nämlich dauernd so Abkürzungen. BVB und FCK und so was. Vielleicht bedeutet das was.«
»Nee.« Melanie steckte sich ein neues Kaugummi in den Mund. »Das sind Fußballklubs.«
»Sicher?«, sagte Sprotte.
Melanie grinste. »Ganz sicher.«
»Schade«, murmelte Wilma. Richtig enttäuscht sah sie aus. »Ich kann's ja noch mal versuchen.«
»Ach, lass mal«, sagte Sprotte. »Wir sind sowieso gleich wieder im Heim.« Sie sah sich um.
Ein paar Meter weiter schlenderte Frieda mit Matilda durch den Sand. Sprotte war ein bisschen eifersüchtig. Ein klitzekleines bisschen.
Als sie zum Landschulheim zurückkamen, war es fast sechs. Abendbrotzeit. Nach dem Essen rief Frau Rose sie unten an der Treppe noch mal alle zusammen.

»Der Rest des Tages gehört euch«, verkündete sie. »Bis neun Uhr ist der Raum mit den Kickern und Tischtennisplatten geöffnet. Um Punkt neun seid ihr bitte auf euren Zimmern, Herr Staubmann und ich kontrollieren das. Um elf ist das Licht aus. Frühstück ist morgen um halb acht.«

»Halb acht?«, fragte Steve bestürzt. »Ich dachte, das hier sind Ferien.«

»Halb acht«, wiederholte Frau Rose. »Um sieben werden wir euch also wecken. Das wird Herr Staubmann übernehmen.«

Staubmann lächelte, zog eine Trillerpfeife heraus und hielt sie mit genüsslichem Grinsen in die Luft.

»Ansonsten«, fuhr Frau Rose fort, »keine Überschwemmungen in den Waschräumen, kein Flurgeschleiche nach elf Uhr, kein, ich betone, *kein* Ausflug an den Strand ohne Lehrerbegleitung. Klar?«

»Klar«, murmelte die ganze Klasse.

»Ach ja«, Herr Staubmann räusperte sich, »und bitte keine Zahnpasta unter die Lehrerklinken. Das ist wirklich zu albern.«

»Wir können ja Sonnencreme nehmen«, sagte Torte.

Die andern kicherten. Herr Staubmann verdrehte nur die Augen.

Die Pygmäen kickerten. Von sechs bis neun. Ohne Pause. Dabei verzehrten sie Unmengen von Chips, brüllten »Tor!«, gaben sich alberne Namen wie Klinsi, Rudi oder Lothar und taten so, als gäbe es keine Wilden Hühner.
Sprotte war beleidigt, aber Melanie, Trude und Frieda waren ganz zufrieden so und fanden, dass sie es sich auf ihrem Zimmer mit Tee und Keksen gemütlich machen sollten. Nur Wilma konnte Sprottes Enttäuschung verstehen und schlug vor, doch wenigstens ein paar zermatschte Bananen vom Abendbrot in die Betten der Jungs zu legen. Sprotte war sehr angetan von dem Vorschlag.
Doch gerade als sie die andern drei überredet hatte, dem Pygmäenzimmer noch einen kleinen Besuch abzustatten, beschloss Steve, sich am Kicker auswechseln zu lassen und stattdessen oben im Zimmer in Ruhe ein paar Zaubertricks zu üben.
»So ein Mist!«, schimpfte Sprotte, als sie auf ihren Betten saßen. Nora war noch unten. »Dieser blöde Steve mit seinem

oberblöden Zauberfimmel. Wisst ihr, was er im Moment versucht? Einen Ball in einem Tuch verschwinden zu lassen. Aber der fällt ihm immer nur runter.«
»Ach, hör auf, dich zu ärgern.« Melanie sah sich suchend um. »Wo hast du die Teedosen?«
»Da, auf der Fensterbank.« Sprotte war Tee-Expertin.
»Vanilletee, Rosenblättertee«, las Melanie vor. »Tropenfeuer, Ostfriesentee. Was wollt ihr?«
»Ostfriese«, schlug Frieda vor. »Das klingt so gemütlich.«
Der Babymelder knackte. Steve war wohl wieder sein Ball hingefallen. Sie hörten ihn leise fluchen.
»Wirklich toll, das Ding«, sagte Trude.
Melanie schüttete den Tee in ein Teenetz, hängte es in die Kanne, die Sprotte mitgebracht hatte, und machte sich auf den Weg zur Lehrerteeküche. Campingkocher auf dem Zimmer waren ja leider verboten.
Während sie weg war, stellte Trude fünf große Becher auf den einzigen Tisch im Zimmer. Fünf. Wilma strahlte.
Nach einer kleinen Ewigkeit kam Melanie zurück. »Ging leider nicht schneller«, sagte sie und stellte die dampfende Kanne ab. »Frau Rose war vor mir dran. Und wisst ihr, wer noch da war? Pauline, die alte Streberin. ›Frau Rose, ich will auch mal Lehrerin werden. Frau Rose, Mathe ist das interessanteste Fach, find ich. Meine mündliche Beteiligung ist doch besser geworden, oder?‹ Mann, ich hätte fast die Krätze gekriegt vom Zuhören.«

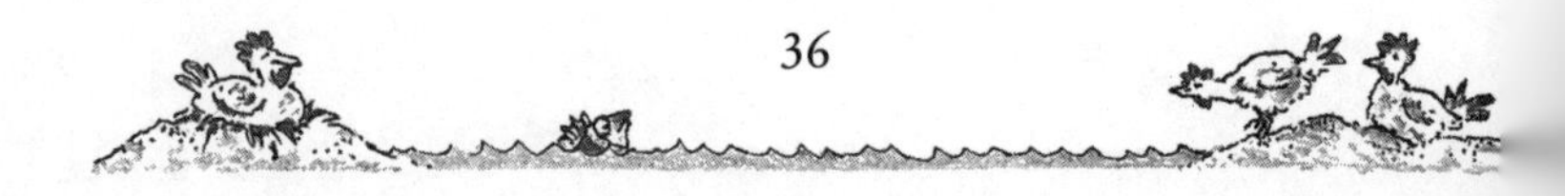

»Ja, Pauline ist schwer auszuhalten. Hier«, Frieda warf zwei Tütchen auf den Tisch. »Ich hab noch Zucker vom Abendessen.«
Melanie nahm das Teenetz aus der Kanne, verteilte Zucker und Tee sorgfältig auf die fünf Becher und drückte jedem Huhn einen in die Hand, einschließlich Wilma.
Glücklich presste die sich den warmen Becher gegen die Wange. »Oh, wie gemütlich!«, seufzte sie. »So eine Bande ist doch wirklich das Allerallergemütlichste.«
Sprotte warf ihr einen düsteren Blick zu. »Na, das ist eigentlich nicht der Sinn von 'ner Bande.« Mürrisch rührte sie in ihrem Tee herum. »Wenn Steve morgen wieder Zaubern übt, müssen wir ihn irgendwie rauslocken. Eigentlich könnten wir das doch auch jetzt, was meint ihr?«
»Ach, komm!« Melanie wühlte in ihrer Tasche, holte eine Keksdose hervor und stellte sie auf den Tisch. »Das ist unser erster Abend hier. Vergiss die Jungs doch mal 'n Moment. Hast doch gesehen, die haben uns auch vergessen.«
»Genau«, sagte Trude. »Ist doch auch so wunderbar hier. Ich hab überhaupt kein Heimweh. Ihr?«
Melanie und Wilma schüttelten die Köpfe.
»Heimweh? Nach meiner Oma vielleicht?« Sprotte schlürfte ihren Tee und guckte aus dem Fenster. »Nee, wirklich nicht.«
Sprotte verbrachte viel Zeit bei ihrer Oma, weil ihre Mutter Taxi fuhr. Sprottes Oma war nicht gerade das, was man einen freundlichen Menschen nennt. Obwohl sie ihr jede

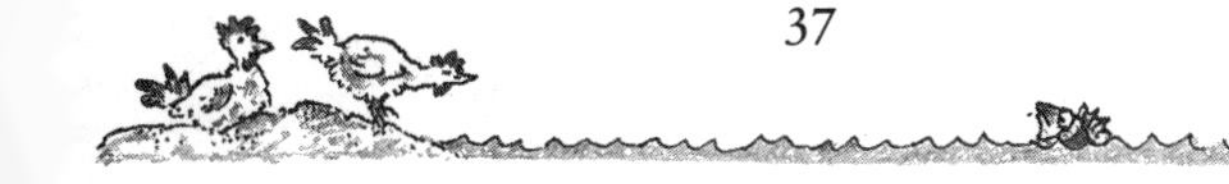

Menge über Tee, Gemüsebeete und echte Hühner beigebracht hatte.
»Ich vermiss nur meinen kleinen Bruder«, sagte Frieda. »Weil man den vorm Schlafengehen so wunderbar knuddeln kann. Aber sonst ist es wirklich schön hier.«
»Ich hoffe nur«, Melanie kletterte auf ihr Bett, »dass keine von euch schnarcht.«
Trude wurde rot, aber sie sagte nichts.
»Hört mal!«, flüsterte Wilma plötzlich.
Es war kurz vor neun.
Der Babymelder knackte nur einmal kurz, aber draußen auf dem Flur war irgendjemand. Der Holzboden knarrte verräterisch. Mit angehaltenem Atem starrten die Wilden Hühner auf die Tür. Die Klinke bewegte sich. Aber Sprotte hatte abgeschlossen.
»He, macht auf!«, raunte jemand. »Ich bin's, Nora. Warum habt ihr denn abgeschlossen?«
Sprotte sprang vom Bett und lief auf Socken zur Tür. »Hallo, Nora, du hast aber 'ne komische Piepsstimme bekommen«, sagte sie.
»Hab zu heißen Tee getrunken«, antwortete die seltsame Fistelstimme draußen. »Macht jetzt endlich auf, ja?«
»Fred, bist du das?«, rief Melanie von ihrem Bett runter. »Hat dich der Stimmbruch erwischt?«
Lautes Gegacker brach draußen los.
»Morgen gibt's Hühnerfrikassee!«, rief Willi.

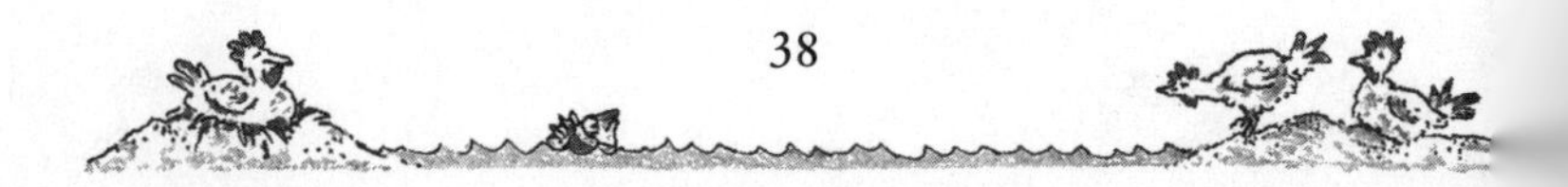

»Ich tipp eher auf Pygmäenbraten!«, rief Sprotte durchs Schlüsselloch – und bekam eine Ladung Wasser ins Gesicht. Wieder lautes Gegacker von draußen.
»Es geht doch nichts über eine kleine Erfrischung!«, rief Steve.
»He, Steve, gib mir mal die Wasserpistole«, sagte Willi.
Da hörten sie plötzlich Noras echte Stimme. »Lasst ihr Blödmänner mich bitte mal durch? Pfui Teufel, tu die blöde Wasserpistole weg.« Nora rüttelte an der Klinke. »Los, macht endlich die Tür auf.«
»Geht im Moment leider nicht«, antwortete Wilma kleinlaut. »Sonst kommen nämlich die Pygmäen rein.«
»Falls ihr die Knallköpfe meint, die hier rumstanden«, sagte Nora, »Frau Rose und Staubmann kommen gerade die Treppe rauf, das hat eure Freunde verscheucht.«
»Das sind nicht unsere Freunde!« Sprotte schloss die Tür auf. »Das sind die Pygmäen.«
»Ja, von der Größe her kommt das hin«, sagte Nora.
Sie stieg auf ihr Bett, nahm wieder eins ihrer Comichefte und verstummte.
»Willst du auch einen Tee?«, fragte Trude.
»Nee, danke«, antwortete Nora. »Was macht denn da so einen Lärm?«
»Ach ja, der Babymelder!« Hastig versammelten sich die Wilden Hühner vor dem Empfänger.
»Na, Stevie, haben die Hühner irgendwas versucht?«, hörten

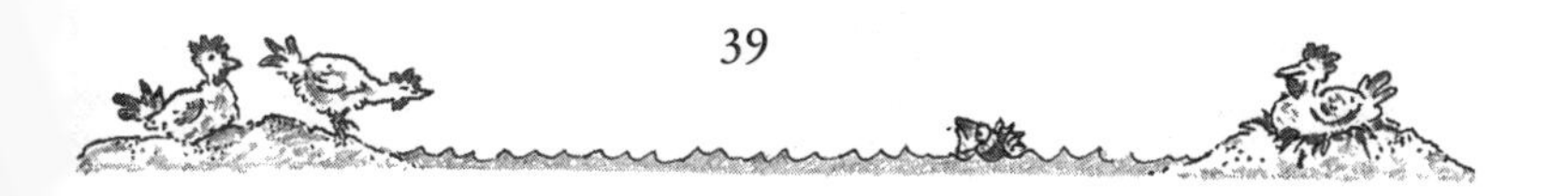

sie Fred fragen. Dann knackste und krachte es ganz fürchterlich.
»Wenn die jeden Abend ihre Tür abschließen, müssen wir eben tagsüber mal …« Wieder krachte es fürchterlich.
»He, Torte!«, brüllte Willi. »Hör mit dem Gehopse auf, ja? Deine Matratze knallt mir schon auf den Kopf« Wieder Geknacke. »Wie weit bist du eigentlich bei Frieda?«
Trude kicherte.
Frieda sprang auf und riss den Babymelder aus der Steckdose. »Schluss!«, sagte sie. »Das ist mir wirklich zu blöd. Leute abhören. Ekelhaft.«
Sie warf den Babymelder in ihre Tasche und legte sich auf ihr Bett.
»Also, dieses Bandenspiel«, sagte Nora hinter ihrem Comic, »ist wirklich ziemlich albern.«
»Misch du dich gefälligst nicht ein, ja?«, fauchte Sprotte. Bedrücktes Schweigen machte sich im Zimmer breit.
Wieder klopfte es an der Tür.
»Alles in Ordnung bei euch?«, fragte Frau Rose und steckte den Kopf ins Zimmer.
Alle nickten.
Frau Rose verzog den Mund. »Nun, so toll scheint die Stimmung ja nicht zu sein.«
»Ach, das wird schon wieder«, sagte Melanie.
»Na gut«, Frau Rose zuckte die Schultern. »Ansonsten, wenn jemanden das Heimweh packt oder sonst ein Kummer – ich

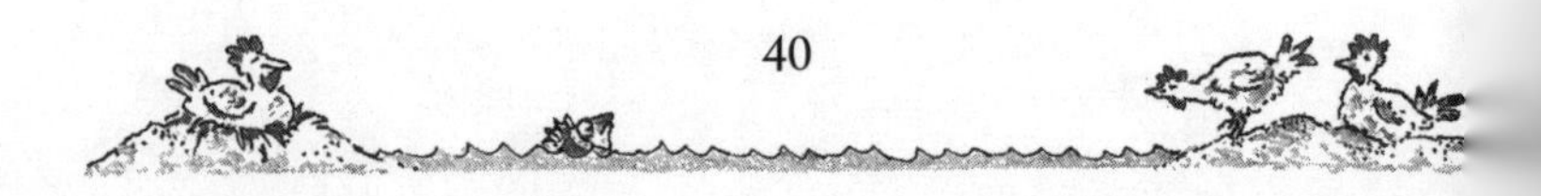

bin auf meinem Zimmer. Das ist die Tür mit dem Monstersticker. Hat mir irgendein Verehrer draufgeklebt. Kurz vor elf lässt Kollege Staubmann seine Pfeife ertönen, damit ihr das Zähneputzen nicht vergesst. Ich wünsche euch eine gute Nacht. Ihr werdet sehen, Seeluft macht müde.«

»Gute Nacht«, murmelten die Mädchen.

Dann waren sie wieder allein.

Melanie, Trude, Wilma und Sprotte spielten noch bis elf Karten. Frieda blieb auf ihrem Bett liegen, drehte ihnen den Rücken zu und las. Die Pygmäen kamen noch dreimal an die Tür. Einmal stocherten sie sogar mit irgendwas im Schlüsselloch rum, um sie aufzubekommen. Aber als Staubmann sie dabei erwischte und höchstpersönlich in ihr Zimmer begleitete, gaben sie endlich Ruhe.

In dieser ersten Nacht konnte Sprotte nicht schlafen. Sie saß oben auf dem Bett, ihr Stoffhuhn im Arm, das überall mit hinkam, und guckte aus dem Fenster aufs Meer.
Sprottes Mutter sagte immer, bei Mondlicht könne man schlecht schlafen, aber daran lag es wohl nicht.
Alles war fremd, der Geruch der Bettwäsche, die harte Matratze, das Quietschen des Betts, wenn man sich umdrehte. Sprotte lauschte dem ruhigen Atem der anderen und dem Rauschen des Meeres. Ja, sogar die Geräusche waren fremd. Sehr fremd.
»Kannst du auch nicht schlafen?«
Das war Trude. Ohne Brille sah sie ganz anders aus.
Sprotte schüttelte den Kopf. »Willst du raufkommen?« fragte sie. »Man hat eine tolle Aussicht von hier oben.«
»Gerne.« Trude tastete nach ihrer Brille, schlich an der schlafenden Frieda vorbei und kletterte ungeschickt zu Sprotte hinauf.
Komisch sah sie aus in ihrem rosa Schlafanzug.

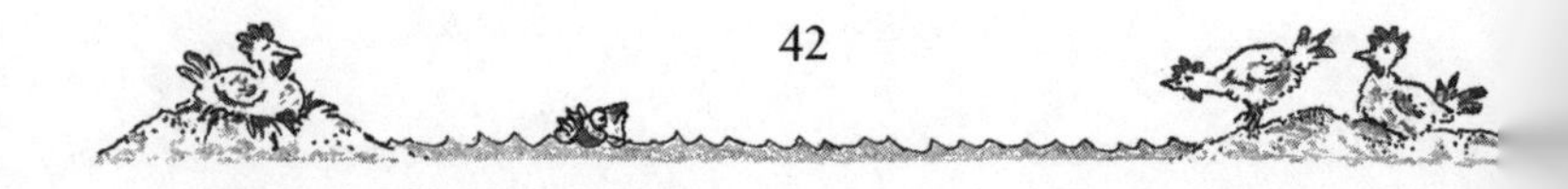

»Du hast ein Stofftier?«, flüsterte sie.
»Klar.« Sprotte kraulte ihrem Stoffhuhn zärtlich den Hals. »Das kommt immer mit. Meine Mutter hat es mir geschenkt. Zum letzten Geburtstag.«
»Ich hab auch eins dabei«, sagte Trude. »Aber ich hab mich nicht getraut, es auszupacken. Ich dachte, alle machen sich dann lustig über mich.«
»Wieso? Melanie schläft doch auch mit ihrer blöden Barbiepuppe«, meinte Sprotte. »Und Frieda hat einen Pullover von ihrem kleinen Bruder unterm Kopfkissen.«
»Wirklich?«
»Klar.« Sprotte zog sich die Decke über die Knie.
»Ach, das Stofftier nützt auch nichts.« Trude seufzte, legte die Arme um die angezogenen Beine und guckte aus dem Fenster. »Ich kann einfach nicht schlafen. Krieg meinen Kopf nicht ruhig. Muss dauernd nachdenken.«
»Wieso?«, fragte Sprotte. »Worüber denn?«
Trude schob sich die Haare aus der Stirn. »Meine Eltern wollen sich scheiden lassen.«
»Oh!«, sagte Sprotte. Das konnte ihr nicht passieren. Sie hatte ja nicht mal einen Vater.
»Den ganzen Tag streiten sie sich«, erzählte Trude. »Und nachts manchmal auch. Sie streiten sich über alles, und dann kommt mein Vater zu mir und brüllt mich an, dass ich zu viel esse und wie ich bloß wieder aussehe. Dann schreit meine Mutter wieder meinen Vater an, na ja, und dann schi-

cken sie mich für ein paar Tage zu meiner Tante, damit sie in Ruhe weiterstreiten können.«
»Hört sich ziemlich scheußlich an«, murmelte Sprotte. Sie wusste nicht, was sie sonst sagen sollte.
»Was ist das für ein Gefühl?« Trude sah Sprotte ängstlich von der Seite an. Ihre Brillengläser waren ganz beschlagen. »Ich mein, nur eine Mutter zu haben. Wie ist das?«
»Gut.« Sprotte zuckte die Achseln. »Mit meiner Mutter ist es gut. Nur dass sie ziemlich viel arbeiten muss. Aber, na ja, das ist nicht zu ändern.«
»Hm.« Trude guckte auf ihre nackten Zehen.
Ziemlich traurig klang das. Sprotte hätte sie gern getröstet. Aber ihr fiel nichts ein. Also saßen sie schweigend nebeneinander auf dem Bett und guckten aufs Meer hinaus, das ganz silbrig vom Mondlicht war.
Ziemlich lange saßen sie so da.
Bis es Trude kalt wurde und sie wieder in ihr Bett kroch. Aber vorher holte sie ihr Stofftier aus der Tasche. Einen weißen Bären, der genauso einen komischen rosa Schlafanzug trug wie sie selber.

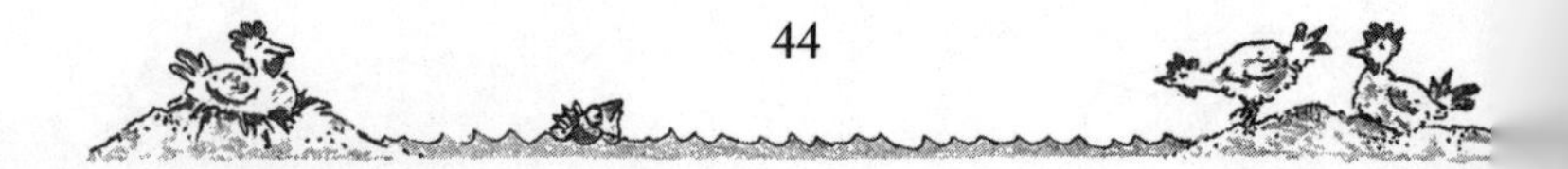

Beim Frühstück am nächsten Morgen wirkten alle verschlafen. Der dünne rote Tee, den sie bekamen, munterte sie nicht auf, und als Herr Staubmann auch noch einen schönen, ausgedehnten Spaziergang zum nächsten Ort ankündigte, sank die Stimmung auf den Nullpunkt.
»Was sind denn das für lange Gesichter?«, fragte er. »Wir werden immerhin an zwei sehr interessanten frühgeschichtlichen Grabhügeln vorbeikommen.«
»Ach, die Dinger kenn ich!«, stöhnte Fred. »Sehen einfach nur aus wie Buckel in der Landschaft. Sehr aufregend.«
»Frau Rose wird nicht mitkommen«, fuhr Staubmann fort. »Sie ist heute Morgen etwas unpässlich.«
»Ich bin auch unpässlich!«, rief Torte mit Fistelstimme. »Kann ich auch hier bleiben?«
Herr Staubmann ignorierte ihn.
Fred hatte vollkommen recht gehabt mit den frühgeschichtlichen Grabhügeln. Keine Skelette, keine Mumien, keine Grabschätze – nur zwei Buckel in der Landschaft. Zwar er-

zählte Staubmann ihnen zur Aufmunterung, es gäbe das Gerücht, ein Zwergenvolk bewohne diese Hügel, aber von denen ließ sich auch keiner blicken. Stattdessen nervten die Jungs die ganze Zeit mit ihren Wasserpistolen, Marke Power Shot 2000, in die leider sehr viel Wasser passte. Erst als Maximilian, genannt Minimai, Staubmanns Zigaretten wässerte, mussten alle ihre Wasservorräte auf die Grabhügel spritzen. Als es kurze Zeit später zu regnen anfing, wurde die Klassenlaune fürchterlich. Selbst Wilma war nicht sonderlich unternehmungslustig.
»Nun, wie gefallen euch die Friesenhäuser?«, fragte Staubmann, als sie endlich den kleinen Ort erreichten, den er zu ihrem Ziel erkoren hatte. Reetdachhäuser standen geduckt unter hohen Ulmen, eins neben dem andern.
»Schön«, murmelte Trude.
»Nicht schlecht«, sagte Wilma und bohrte in der Nase. »Gibt's hier sonst noch was zu sehen?«
»Nun, nicht allzu viel, aber wir sind aus einem ganz besonderen Anlass hier.« Staubmann machte sein bedeutsames Gesicht, sein Ihr-werdet-gleich-sehen-Gesicht, das er auch immer vor der Rückgabe der Deutschaufsätze machte.
»Nun sagen Sie schon!«, rief jemand.
Aber Staubmann schüttelte den Kopf. »Nur eine eurer Mitschülerinnen könnte es erraten, aber ihr müsst noch ein bisschen braten. Oh«, Staubmann drehte sich um. »Das hat sich doch tatsächlich gereimt. Folgt mir, Herrschaften.«

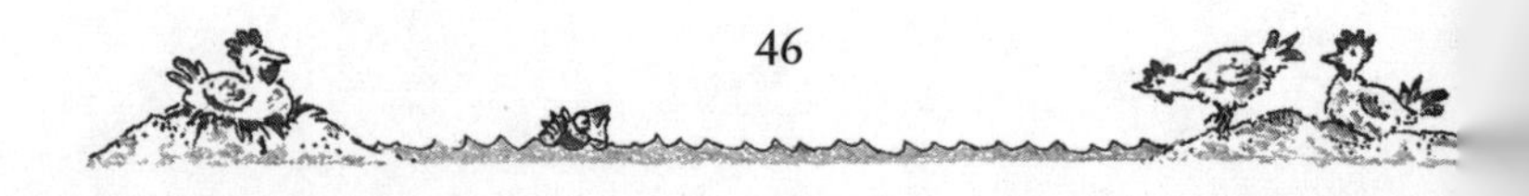

Murrend und stöhnend lief die ganze Klasse im Gänsemarsch hinter ihm her.
»Was soll denn das heißen, eine könnte es erraten?« Melanie zog die Stirn kraus.
Trude und Wilma zuckten die Achseln.
»Sind wirklich schöne Häuser«, sagte Frieda. »Sehr schön. Und die Gärten. Voller Blumen.«
»Ja, nicht so wie der von meiner Oma, was?« Sprotte hakte sich bei Frieda ein. »Bist du noch beleidigt wegen gestern?«
Frieda schüttelte den Kopf.
»Würdest du«, Sprotte rieb sich die Nase, »ich mein, könntest du dir vorstellen, uns eventuell den Babymelder wiederzugeben?«
Wie der Blitz zog Frieda ihren Arm zurück. »Du bist unmöglich!«, rief sie. »Unmöglich.«
»Wir können ihn ja immer schnell ausmachen, wenn was«, Sprotte geriet ins Stottern, »wenn irgendwas mit Liebe oder so kommt.«
Frieda ließ sie einfach stehen.
»Mist!«, murmelte Sprotte.
Sie sah, wie Torte Blumen abriss, die über einen Zaun hingen, und damit Frieda nachlief. Dieser elende Schmalzkopf.
»Sie will ihn uns nicht wiedergeben, stimmt's?«, fragte Wilma.
»Spionierst du jetzt auch schon hinter uns her?«, fuhr Sprotte sie an.

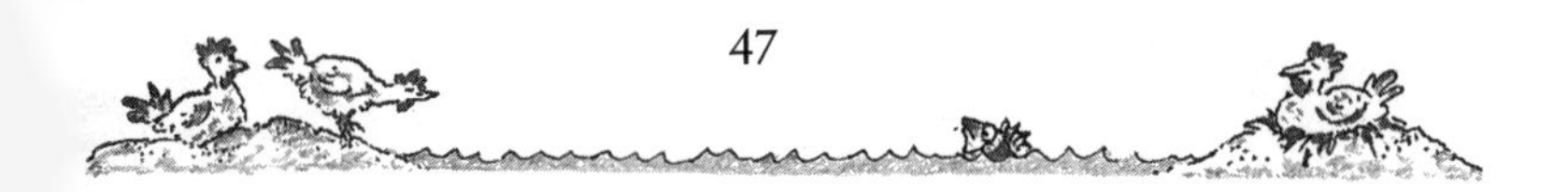

»Nein!«, rief Wilma beleidigt. »Was kann ich denn dafür, wenn ihr so laut redet?«
Sprotte machte ein düsteres Gesicht und kaute auf ihrer Lippe herum.
Die Straße mit den alten Häusern führte direkt zum Hafen, wo Fischerboote und Ausflugsschiffe auf dem dunklen Wasser schaukelten. Kreischende Möwen fischten Abfälle aus den Wellen. Herr Staubmann führte die Klasse an Souvenirläden vorbei und blieb schließlich vor dem Eingang eines Cafés stehen.
»So, Damen und Herren!«, rief er. »Jetzt ist es Zeit, den Zweck unseres mühseligen Fußmarsches zu enthüllen. Matilda, komm doch bitte mal zu mir.«
Matilda wurde rot wie eine Tomate. Zögernd stellte sie sich neben den Lehrer.
»Matilda hat heute Geburtstag«, verkündete Staubmann. »Wie ich euch und sie kenne, weiß das keiner. Aber ich finde, ein Geburtstag bedarf gewisser Feierlichkeiten, deshalb lade ich euch alle Matilda zu Ehren in dieses schöne Café ein. Zu einem heißen Kakao oder zu einer Cola, wie ihr wollt. Ich werde mir auf jeden Fall einen Pharisäer genehmigen.
Während Staubmanns kurzer Ansprache guckte Matilda die ganze Zeit auf ihre Hände, aber sie lächelte.
Im Café schoben sie drei große Tische zusammen. Staubmann pflanzte sich mit Matilda ans Kopfende, ließ die ganze Klasse »Happy Birthday« singen – wobei er nur dirigierte –

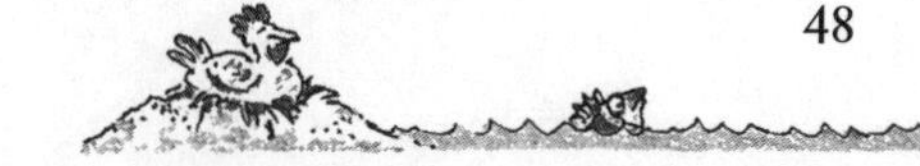

und bestellte dann für alle eine Runde, zehnmal heißen Kakao und siebzehnmal Cola. Danach schlürfte er genüsslich seinen Pharisäer und begann Zeitung zu lesen.
Eine Zeit lang schnipsten die Jungs Papierkügelchen über den Tisch und bewarfen die Mädchen mit Zuckerwürfeln, dann stürzten sie sich auf den einzigen Daddelautomaten, der neben dem Eingang stand. Als fleißiger Spion lungerte Wilma unauffällig bei ihnen herum, während Frieda Matilda von ihrem Taschengeld zu Schokoladentorte einlud. Mit zwei anderen Mädchen verzogen sie sich an einen Tisch am Fenster. Frieda trug Tortes Blume hinterm Ohr.
So saßen bald nur noch Trude, Sprotte und Melanie mit Herrn Staubmann am Tisch. Trude gähnte in einem fort, Sprotte dachte angestrengt darüber nach, was man den Pygmäen in ihre Betten legen könnte. Melanie lackierte sich einen Fingernagel grün, bis Staubmann plötzlich hinter seiner Zeitung auftauchte.
»Ach, übrigens, ist euch gestern Abend irgendwas aufgefallen?«, fragte er. Seine Stimme klang, wie meistens, ein bisschen gelangweilt. »Ich meine nicht eure kleinen Bandenärgereien. Irgendetwas Ungewöhnliches – unerklärliche Geräusche, ein Scharren an der Tür vielleicht, Lichter am Strand. Nein?«
»Wieso?« Erstaunt guckte Sprotte ihn an.
»Ach«, Staubmann griff nach seiner Tasse. »Ich dachte nur. Man … ehm … hört so einiges.«

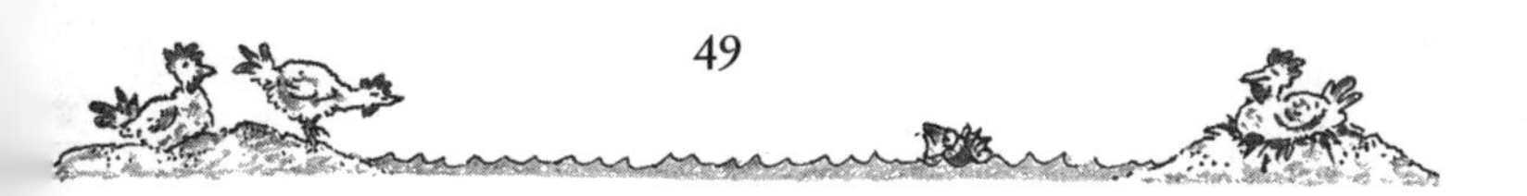

»Was denn?« Trude vergaß das Gähnen.
»Oh, nichts Besonderes. Nur eine dumme Gespenstergeschichte. Von einem herumgeisternden Strandvogt.« Staubmann guckte sie über den Tassenrand an. »Ausgerechnet beim Landschulheim soll er herumspuken. Ziemlich unglaubhaft, nicht wahr?«
»Ein Gespenst?«, rief Wilma. »Ein echtes Gespenst? Du meine Güte!«
Selbst die Jungs am Daddelautomaten guckten sich um.
»Pscht!«, zischte Sprotte. »Muss doch nicht jeder wissen, oder?« Neugierig wandte sie sich wieder Herrn Staubmann zu.
»Was denn für ein Gespenst?«
»Also, Gespenster gibt es nun wirklich nicht«, sagte Melanie und pustete auf ihren lackierten Nagel.
»Von diesem hat mir ein Kollege erzählt.« Herr Staubmann zündete sich eine seiner grässlich stinkenden Zigaretten an. »Er war letztes Jahr mit seiner Klasse hier, und da sind wohl ein paar seltsame Dinge passiert.«
»Was denn?«, fragte Trude beunruhigt.
Herr Staubmann zuckte die Schultern. »Unangenehme Geräusche in der Nacht, rätselhafte Fußspuren, seltsame Fundstücke am Strand, zwei Schüler, die nachts schreiend aus ihrem Zimmer stürzten und von einem scheußlichen Irgendwas faselten, das sie ins Meer zerren wollte – Näheres weiß ich auch nicht.« Er zupfte an seinem Ohrläppchen.

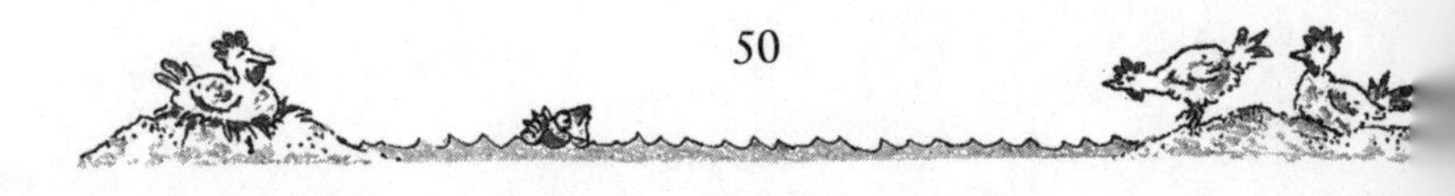

»Ach, was erzähle ich euch da? Ihr habt ja mit den Pygmäen bestimmt mehr als genug zu tun, oder?«
»Ach, die!« Verächtlich winkte Sprotte ab. »Wir hätten mit dem Kinderkram ja längst aufgehört, aber die fangen immer wieder an. Nein, erzählen Sie ruhig weiter von diesem spukenden – was war das noch mal?«
»Strandvogt«, sagte Herr Staubmann.
»Was ist das?«, fragte Melanie.
»Ein Strandvogt war so eine Art Strandwache.« Herr Staubmann winkte der Bedienung und bestellte noch einen Pharisäer.
»Wenn ein Schiff vor der Insel kenterte, musste der Strandvogt dafür sorgen, dass die Ladung nicht geplündert wurde. Der Strandvogt, der hier seit zweihundert Jahren herumspuken soll, war allerdings selbst ein großer Räuber. Jap Lornsen hieß er, und von seinen Verbrechen«, Staubmann rührte seinen Kaffee um, »von seinen Verbrechen erzählen sich die Leute hier heute noch die scheußlichsten Geschichten.«
»Was hat er denn gemacht?«, flüsterte Wilma.
»Nun«, Herr Staubmann schüttelte den Kopf, »ziemlich abscheuliche Dinge. Ich weiß nicht.«
»Wir sind doch keine Kleinkinder«, sagte Melanie beleidigt.
»Stimmt auch wieder. Also ...« Herr Staubmann machte eine Pause und schlürfte im Zeitlupentempo seinen Kaffee.
»Also was?«, fragte Sprotte ungeduldig. Staubmann konnte manchmal wirklich furchtbar nerven.

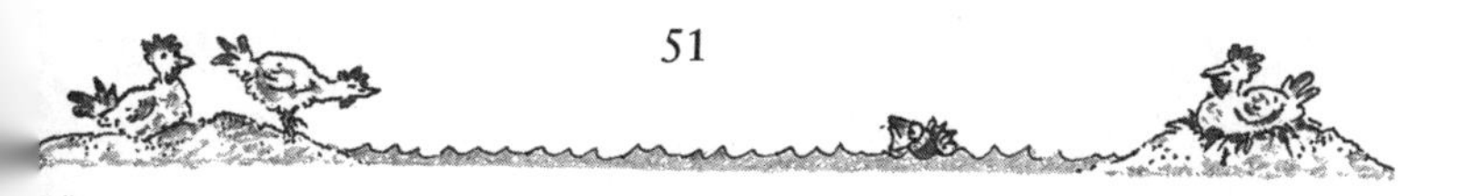

»Ich kann euch nur erzählen, was ich so gehört habe«, sagte er und tupfte sich penibel die Lippen sauber. »Wenn ihr davon Albträume kriegt, ich habe euch gewarnt …«

»Jap Lornsen war ein sehr strenger Strandvogt«, erzählte Herr Staubmann. »Arme Bauern, die ein gestrandetes Butterfass stahlen, weil ihre Kinder Hunger hatten, ließ er prügeln und ins Gefängnis werfen. Aber er selbst rührte keinen Finger, um Schiffbrüchige zu retten, nein, er ließ sie seelenruhig ertrinken, um die Ladung ihrer Schiffe ohne Zeugen in seinen Besitz bringen zu können.«

»Pfui Teufel!«, murmelte Wilma. »Aus so einem muss ja ein Gespenst werden.«

»Meinst du?« Amüsiert sah Herr Staubmann sie an. »Es kommt noch schlimmer. Dass Lornsen sich nicht allzu sehr bemühte, die ertrinkenden Seeleute zu retten, war nichts sonderlich Ungewöhnliches. Fast niemand hatte damals Lust, seinen Hals für irgendwelche fremden Schiffbrüchigen zu riskieren, deren Sprache er womöglich nicht mal verstand. Und das bisschen Plündern, na ja. Aber Jap Lornsen tat noch ein teuflisches bisschen mehr.« Herr Staubmann nahm sich die nächste Zigarette. »Wenn die See stürmisch war, ließ er

von seinen Männern falsche Signalfeuer anzünden. Damit lockte er die Schiffe auf die Sandbänke vor der Insel, wo sie kenterten und seine Männer sie plündern konnten. Und damit niemand von seinen Raubzügen berichten konnte, ließ Lornsen alle die, die nicht im eisigen Wasser ertranken, ermorden. So wurde er ein sehr, sehr reicher Mann.«

Staubmann lehnte sich mit einem Seufzer zurück. »Man kann eigentlich nur hoffen, dass er als Gespenst etwas netter ist als zu Lebzeiten, was?«

»Hat man ihn denn nie bestraft?«, fragte Melanie.

Staubmann schüttelte den Kopf. »Dazu war er ein viel zu mächtiger Mann. Ach ja!« Er klopfte sich etwas Asche vom Pullover. »Ihr könnt sein Bild heute Nachmittag im Insel-Museum bewundern. Und sein Grabstein steht auf dem alten Friedhof, den wir uns noch ansehen wollen.« Staubmann senkte die Stimme. »Ganz schief soll er stehen, weil der alte Lornsen keine Ruhe im Grab findet.«

»Uuuhh!« Wilma schüttelte sich. »Das hört sich aber ziemlich unheimlich an.«

»Er ist einfach davongekommen«, murmelte Sprotte. »So eine Schweinerei.«

»Und irgendwann friedlich, reich und steinalt gestorben«, sagte Melanie. »Oder?«

»Nicht ganz«, antwortete Herr Staubmann, »man könnte sagen, die Gerechtigkeit hat ihn ereilt. Kurz vor seinem fünfundfünfzigsten Geburtstag ist er vergiftet worden, von

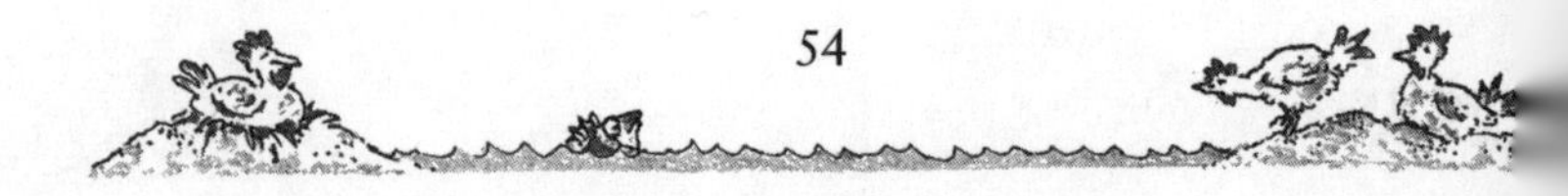

der Witwe eines Kapitäns, dessen Schiff wegen der falschen Feuer gekentert war.«
»Nein!« Trude riss die Augen auf. »Wie grässlich!«
»Wieso? Geschah ihm doch ganz recht!« Melanie nickte zufrieden. »Das hätte ich auch gemacht.« Sie lackierte sich noch einen Fingernagel grün.
»Kann man sich wirklich gut vorstellen, dass so einer herumspukt«, murmelte Sprotte nachdenklich. »Nur schade, dass es keine Gespenster gibt.«
»Was steckt ihr denn da die Köpfe zusammen?«, fragte Torte neugierig und setzte sich mit an den Tisch.
»Geht dich gar nichts an!«, sagte Sprotte. »Geh du mal schön zurück zu deinem Daddelautomaten.«
»Also, ihr habt nichts gemerkt.« Herr Staubmann machte wieder sein gelangweiltes Gesicht und zog an seiner Zigarette. »Keine verdächtigen Geräusche, Fußspuren, Fundstücke im Sand? Wie alte Münzen oder so was? Die soll der alte Lornsen nämlich mit Vorliebe verlieren bei seinen nächtlichen Spukgängen.«
Bedauernd schüttelten die Mädchen die Köpfe.
»Was meinen Sie damit?«, fragte Torte. »Seltsame Geräusche, Lornsen, Spukgänge.«
Verflixt. Sprotte biss sich vor Ärger auf die Lippen. Jetzt erfuhren die Pygmäen auch von der Sache.
»Oh, wir haben ein bisschen über das Hausgespenst des Landschulheims geplaudert.« Staubmann drückte seine Zi-

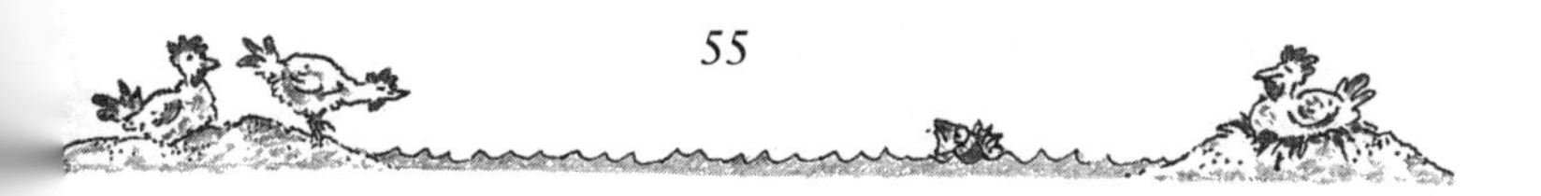

garette aus und nahm wieder seine Zeitung. »Ich wollte nur mal hören, ob jemandem gestern Abend so zwischen zehn und elf etwas aufgefallen ist. Aber offenbar befindet sich das Gespenst zur Zeit im Urlaub.«
»Ein Gespenst? Mann!«, Torte wurde ganz zappelig vor Aufregung. »Erzählt doch mal.«
»Krieg's doch selber raus«, sagte Sprotte spitz.
»Werd ich auch«, antwortete Torte ärgerlich. »Worauf du Gift picken kannst, du blödes Huhn.«
»Na, na, na«, sagte Herr Staubmann hinter seiner Zeitung. »Keine kriegerischen Akte in meiner Gegenwart. Die Kurzfassung der Geschichte lautet: Im Landschulheim soll sich ein zweihundert Jahre altes Gespenst herumtreiben, das schon zu Lebzeiten einen sehr schlechten Charakter hatte. Alles Weitere erzähle ich euch auf dem Rückweg.«
»In Ordnung!« Torte sprang auf. »Das muss ich sofort den andern erzählen. Dann gibt's hier ja vielleicht doch was Aufregenderes als Wasser und diese dämlichen Gräber mit nichts drin.«
Schnell lief er zu den anderen. Im nächsten Moment hockten die Pygmäen am hintersten Ecktisch und steckten die Köpfe zusammen. Dass Wilma am Nebentisch rumlungerte, fiel ihnen nicht auf.
»Meint ihr, es ist was dran an der Geschichte?«, flüsterte Trude. »Ich wollte schon immer mal einem Gespenst begegnen. Allerdings, dies hört sich ziemlich eklig an.«

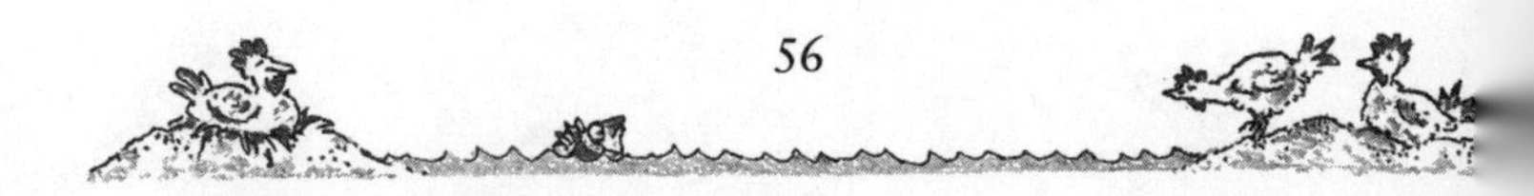

»Es ist garantiert ungefährlich«, sagte Melanie, »weil es nämlich keine Gespenster gibt.«
Trude kaute auf einem Fingernagel. »So sicher bin ich da nicht.«
»Ja, weil du dir dauernd irgendwelche dummen Filme anguckst«, spottete Melanie. Sie lehnte sich zurück und sah zu den Jungs hinüber.
»Also, ein echtes Gespenst kann es nicht sein, das ist klar, aber vielleicht ...«, Sprotte rieb sich angestrengt die Nase, wie immer, wenn sie nachdachte, »... vielleicht spukt jemand am Heim rum, weil er dort irgendwas Grässliches vergraben hat und nun dafür sorgen will, dass keiner sich traut, am Strand rumzubuddeln, und es findet.«
»Was denn?«, hauchte Trude.
Sprotte zuckte nur vielsagend die Schultern.
Trude wurde ganz weiß um die Nase. »O Gott, entsetzlich.«
»Nee, wisst ihr, was ich denke?«, sagte Melanie. »Wenn da wirklich einer Gespenst spielt, dann nur, weil er reiche Touristen anlocken soll.«
»Meinst du?« Trude guckte enttäuscht. »Das wär aber 'ne langweilige Erklärung.«
»Auf die bin ich auch schon gekommen«, sagte Herr Staubmann hinter seiner Zeitung, »aber warum dann am Landschulheim? Touristen verirren sich da höchst selten hin, von reichen Exemplaren ganz zu schweigen.«
»Genau!«, sagte Sprotte erleichtert. »Das kann es nicht sein.«

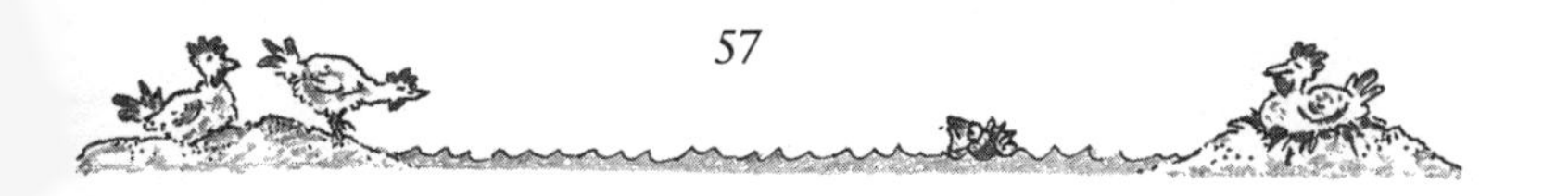

»Vielleicht sind es auch Außerirdische?« Trude senkte die Stimme. »Die gibt es nämlich wirklich. Mein Vater hat mal ein Ufo gesehn. Ganz echt. Über unserm Balkon.«
»Noch ein interessantes Thema«, sagte Herr Staubmann und legte die Zeitung beiseite. »Aber ich fürchte«, er warf einen Blick auf seine Uhr, »wir müssen uns jetzt schleunigst auf den Rückweg machen, und zwar im Eilmarsch, sonst verpassen wir das Mittagessen.«

Um ein Haar hätten sie das Mittagessen wirklich verpasst. In mörderischem Tempo führte Herr Staubmann sie zum Landschulheim zurück. Frieda blieb den ganzen Weg über bei Matilda, Wilma bespitzelte die Pygmäen, und Trude, Sprotte und Melanie unterhielten sich über Staubmanns Geschichte. Viel Zeit hatten sie dafür nicht, denn nachdem Staubmann den Pygmäen noch mal ausführlich von Jap Lornsen erzählt hatte, ließ er die Klasse pausenlos Seemannslieder singen wie »Alle, die mit uns auf Kaperfahrt fahren« oder »Wir lagen vor Madagaskar«. Ziemlich schrecklich war das.

Heiser und außer Atem drängten sie sich in den Speisesaal und verteilten sich auf die letzten freien Tische. Sprotte, Melanie und Trude setzten sich an einen Tisch. Frieda warf Sprotte einen düsteren Blick zu und setzte sich mit Matilda an einen anderen. Dafür zwängte sich Wilma atemlos zwischen die Wilden Hühner.

»Ich hab was!«, keuchte sie. »Ich hab was gehört. Sogar zwei.«

»Zwei was?«, fragte Sprotte.
»Geheiminformationen, erste Qualität!«, zischte Wilma.
Sprotte guckte sich um. Aber die Pygmäen saßen weit entfernt. Außerdem stritten sie sich gerade mit den Jungs am Nebentisch. Die Pygmäen riefen lauthals »Dortmund«, und die andern grölten »Bayern« – was immer das zu bedeuten hatte. Als Willi auf die Idee kam, mit Kartoffelpüree zu werfen, griff Herr Staubmann ein und teilte Fred, Willi und zwei Jungs der anderen Partei zum freiwilligen Küchendienst ein. Sprotte wandte sich wieder Wilma zu.
»Schieß los.«
»Es soll ein Gespenst geben«, stieß Wilma hervor. »Im Landschulheim.«
»Wissen wir schon«, sagte Melanie.
»Oh!«, murmelte Wilma enttäuscht. »Woher denn?«
»Staubmann hat es uns erzählt«, sagte Trude.
»Ja, und Torte hat es leider mitgekriegt«, knurrte Sprotte.
»Wisst ihr auch, dass die Pygmäen das Gespenst fangen wollen?«, zischte Wilma.
Sprotte runzelte die Stirn. »Ach ja? Und wie?«
Wilma zuckte bedauernd die Schultern. »Das wollen sie heute Abend besprechen.«
»Verflixt!« Sprotte nahm sich noch etwas Kartoffelbrei, obwohl er an den Zähnen klebte. »Und wir haben den Babymelder nicht. Frieda rückt ihn nicht mehr raus. Nur weil dieser blöde Torte vielleicht Süßholz raspelt.«

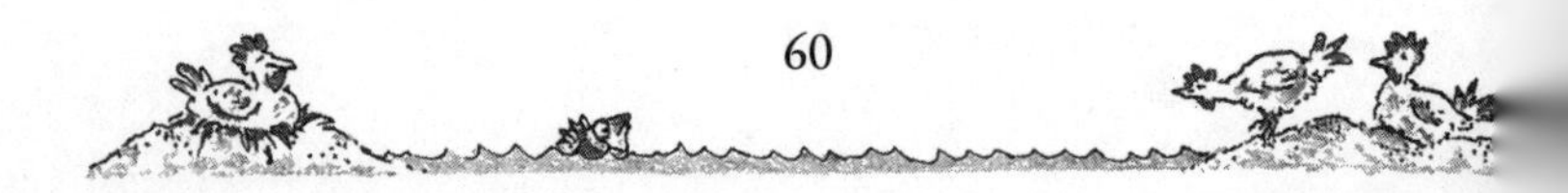

»Macht überhaupt nichts«, sagte Melanie. »Sollen sie doch versuchen, ein Gespenst zu fangen, das es gar nicht gibt. Genauso gut können sie versuchen, das Ungeheuer von Loch Ness zu kriegen. Hm, das Sauerkraut ist gar nicht schlecht.«
»Was für ein Ungeheuer?«, fragte Trude.
Sie hatte nur eine winzige Portion genommen. Melanie verdrückte schon ihre zweite.
»Was war die zweite Information?«, fragte Sprotte.
Sie sah sich noch mal um. Fred, Willi und Torte waren fertig mit dem Essen, aber Steve schaufelte sich gerade die nächste Portion auf den Teller.
»Sie haben uns irgend so ein Zeugs auf die Kissen gestreut«, flüsterte Wilma. »Während des Frühstücks, als Willi und Steve angeblich auf dem Klo waren. Kratzwunder heißt es, glaub ich. Hat Steve in dem Laden besorgt, in dem er auch seinen Zauberkram kauft.«
»Juckpulver! Die haben sich Juckpulver besorgt!« Melanie schüttelte sich. »Pfui Teufel, das ist wirklich gemein. Wo Trude doch sowieso gegen tausend Sachen allergisch ist.«
»Mich juckt es schon bei dem Gedanken!«, flüsterte Trude.
»Die fiese Sache werden sie selbst ausbaden«, zischte Sprotte. »Kopfkissen kann man schließlich austauschen, oder?«
Trude und Melanie stießen sich an und kicherten.
»Wilma!« Melanie klopfte ihrer Spionin anerkennend auf die Schulter. »Ich finde, du bist ein echtes Wildes Huhn.«
»Oh, danke!« Wilma lächelte verlegen. Sie guckte zu Sprotte

hinüber. Aber die tat so, als sei sie nur mit ihrem Essen beschäftigt.
»Sprotte!« Trude beugte sich über den Tisch. »Was meinst du? Sollen wir Wilma nicht den Hühnerschwur schwören lassen? Heute Abend. Als Lohn, mein ich!«
Aber Sprotte runzelte die Stirn. »Geht ein bisschen schnell, was?«
Enttäuscht stocherte Wilma in ihrem Kartoffelpüree herum.
»Ach was!« Melanie schob ihren Teller weg und machte sich an den Nachtisch. Sehnsüchtig sah Trude ihr zu. »Warum willst du die Ärmste so lange zappeln lassen? Ich finde, sie wird heute Abend ein Huhn.«
»Find ich auch«, sagte Trude, »und Frieda«, sie guckte zu ihr hinüber, »Frieda hätte bestimmt auch nichts dagegen.«
Melanie grinste Sprotte spöttisch an. »Damit bist du überstimmt!«
»Ja, ja«, brummte Sprotte. »Schon gut, meinetwegen. Ihretwegen muss ich mich schließlich nicht die ganze Nacht lang kratzen. Das mit dem Spionieren war wirklich 'ne gute Idee.«
»Eine gute Idee?« Fred stand plötzlich hinter Sprotte und legte ihr das Kinn auf die Schulter. »Hühner haben keine guten Ideen.«
Ärgerlich schubste Sprotte ihn weg. »Verzisch dich«, sagte sie. »Du hast schließlich bloß 'n Fußball als Kopf.«
»Wir werden das Gespenst vor euch kriegen!«, rief Steve. Vor Aufregung kiekste seine Stimme. »Jede Wette.«

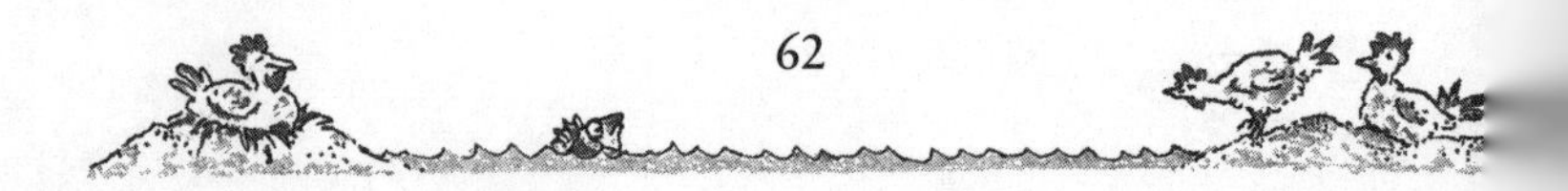

»Och, das Gespenst!« Sprotte machte ein gelangweiltes Gesicht. »Das überlassen wir euch gern. Wir sind schon ein bisschen zu alt, um an so was zu glauben.«
»Na, glauben tun wir natürlich auch nicht dran!«, sagte Fred ärgerlich. »Oder glaubt ihr, wir sind so blöd, an Gespenster zu glauben? Wisst ihr was?« Fred beugte sich so dicht zu Sprotte herunter, dass seine Nase fast an ihre stieß. »Ihr wollt euch nur vor der Wette drücken. Ich wette mit euch um was ihr wollt, dass wir als Erste rauskriegen, was hinter der Gespenstergeschichte steckt.«
»Das ist doch Blödsinn«, sagte Melanie. »Gar nichts steckt dahinter. Was gibt's da rauszukriegen?«
Aber Sprotte starrte Fred an, biss sich auf die Lippe und sagte: »Wette gilt. Um was ihr wollt.«
»Ein Tanz für jeden von uns mit dem Huhn unserer Wahl!«, rief Torte.
Willi sah nicht so begeistert aus, aber Fred und Steve grinsten.
»Gute Idee, Torte«, sagte Fred. »Was? Gilt die Wette?« Sprotte zuckte die Achseln. »Wie ihr wollt. Da wir ja sowieso gewinnen …«
»Und wenn wir gewinnen«, rief Wilma, »dann müsst ihr uns die Koffer schleppen. Auf der ganzen Rückreise.«
»Okay«, Fred nickte. »Aber seit wann bist du ein Wildes Huhn?«
Erschrocken kniff Wilma die Lippen zusammen. Die Spionin der Wilden Hühner hatte sich selbst enttarnt.

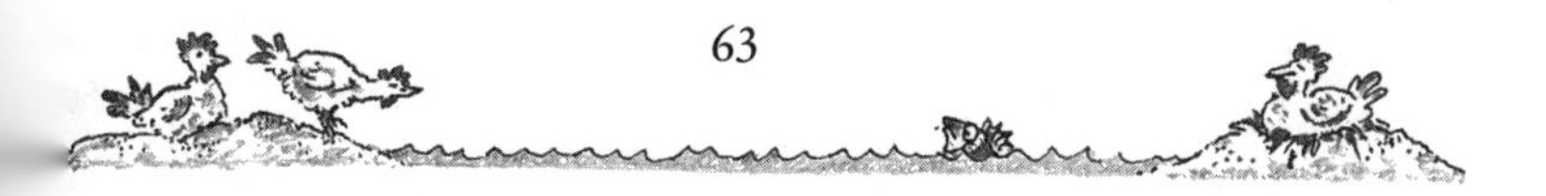

»Ist sie nicht«, sagte Sprotte. »Aber der Vorschlag ist gut. Wette gilt.«
Die Wilden Hühner und die Pygmäen besiegelten ihr Abkommen mit Handschlag.
»Und was ist mit Frieda?«, fragte Torte. »Macht die nicht mehr bei euch mit, oder was?«
»Klar macht sie«, Sprotte warf ihm ihren wütendsten Blick zu. Dieser Zwerg war schuld, dass sie mit ihrer besten Freundin Streit hatte. »Sie wird sich auch an die Abmachung halten.«
»Versprochen?« Torte guckte zu Frieda rüber.
»Versprochen«, sagte Sprotte.
Jetzt musste sie das nur noch Frieda beibringen.

»Sie stehen schon wieder am Kicker!« Atemlos kam Wilma die Treppe hochgerannt. Als Kundschafterin war sie wirklich erste Klasse. »Spielen ein Turnier mit Titus, Bernd und den Zwillingen.«
»Alle?«, fragte Sprotte.
»Na ja, immer zwei gegen zwei, aber sie wechseln sich regelmäßig ab.« Wilma grinste. »Die sind reichlich verbissen bei der Sache.«
Sprotte nickte zufrieden. »Na, dann los.«
Sie stürzten auf ihr Zimmer. Nora war nicht da, die schrieb unten Postkarten. Aber Frieda saß am Fenster und guckte aufs Meer. Als die anderen reinstürmten, sah sie sich um. »Was ist denn nun wieder los?«
»Die Pygmäen haben uns Juckpulver auf die Kissen gestreut«, sagte Trude. »Und jetzt wollen wir die Kissen umtauschen.«
»Juckpulver?« Frieda krauste die Nase. »Igitt.«
Sprotte versuchte ein zaghaftes Lächeln. »Hilfst du uns?«

Frieda zögerte einen Atemzug lang, dann zuckte sie die Achseln. »Klar.«
Vorsichtig, ganz vorsichtig hoben die Wilden Hühner ihre Kissen hoch und trugen sie zur Tür. Wilma hielt sie auf. Dann lief sie schnell mit ihrem Kissen hinterher. Eine merkwürdige Prozession war das.
»Was wird das denn?« Herr Staubmann stand rauchend am offenen Flurfenster.
»Och, also«, Sprotte fiel beim besten Willen keine Erklärung ein.
»Schon gut«, Staubmann steckte sich wieder die Zigarette in den Mund. »Vergesst, dass ich gefragt habe.« Dann drehte er ihnen den Rücken zu. Hastig gingen die fünf weiter.
An der Tür der Pygmäen klebte ein Zettel mit einem schlecht gemalten Totenkopf.
»Soll uns das etwa in die Flucht schlagen?«, fragte Melanie.
»Also, ich finde«, Sprotte legte lauschend ein Ohr an die Tür, »ich finde, der Totenkopf sieht nicht halb so schrecklich aus wie deine grünen Fingernägel.«
»Haha!« Ärgerlich streckte Melanie ihr die Zunge raus.
»Na, hörst du was?«, flüsterte Trude.
»Nee. Aber wartet mal«, Sprotte bückte sich. »Ach, sieh mal einer an. Gar nicht dumm, die Kerle. So was sollten wir vielleicht auch besser machen.«
»Was denn?« Erstaunt guckten die anderen ihr über die Schulter.

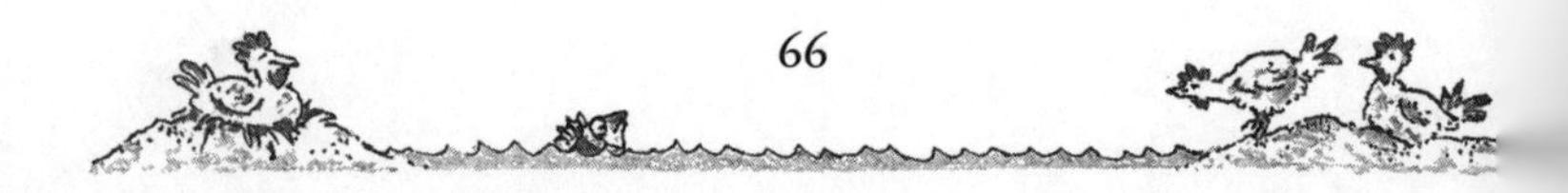

»Sie haben einen kleinen Zettel unten vor die Tür geklebt«, sagte Sprotte, während sie vorsichtig das Klebeband abzog. »Wenn wir einfach reingegangen wären, wär der Zettel gerissen und sie hätten Bescheid gewusst. Dumm, wie sie sind, haben sie ihn ein bisschen zu groß gemacht, und ich hab ihn beim Lauschen gesehen.«
Sie balancierte ihr Kissen auf einem Arm, öffnete die Tür und schlüpfte schnell hindurch. Die andern folgten ihr. So schnell es ging, tauschten sie die Kissen aus.
»Wem soll ich denn mein Kissen geben?«, fragte Wilma. »Meins ist doch über.«
»Gib es Fred«, sagte Sprotte. »Der spielt doch so gern den Chef. Also kriegt er auch zwei Kissen.« Neugierig sah sie sich um. »Ich werd verrückt! Die haben sich sogar hier Fußballbilder aufgehängt.«
»Und 'ne Fahne«, Wilma ging staunend auf das Riesending zu. »Von was für 'nem Land ist denn die?«
»Die ist von einem Fußballverein.« Melanie verzog den Mund. »Ziemlich albern.«
»Na ja, dafür hast du lauter Poster von irgendwelchen Sängern an der Wand hängen«, sagte Frieda. »Ist doch irgendwie dasselbe, oder?«
Trude kicherte. »Bei einem Poster hat sie sogar schon den Mund weggeküsst.«
»Sei still!«, fuhr Melanie sie an. Lauter rote Punkte bekam sie im Gesicht.

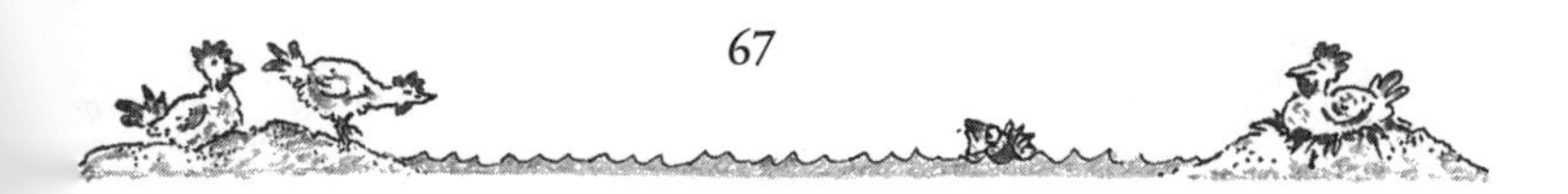

»Okay«, Sprotte schlich zur Tür. »Lasst uns abhauen.«
Sie huschten zurück auf den Flur. Sorgfältig klebte Sprotte den Zettel wieder unten vor die Tür, dann zog die ganze Kissenprozession den Flur entlang zurück. Staubmann sah ihnen kopfschüttelnd nach.

Zum Museum nahmen sie zum Glück den Bus. Über Mittag hatte es sich bewölkt, und als sie losfuhren, regnete es. Dunkel hingen die Wolken über dem flachen Land.

»Schade, im Meer werden wir wohl nicht ein einziges Mal baden können!«, seufzte Melanie.

»Na, ein Glück«, sagte Sprotte. Sie mochte Wasser nicht besonders. Vor allem hasste sie es, untergetaucht zu werden, und darin waren die Pygmäen Spezialisten.

Als sie aus dem Bus stiegen, war das Erste, was sie sahen, ein gewaltiger Torbogen aus Walkieferknochen, ein Erinnerungsstück an die Zeit, als die Insel noch hauptsächlich vom Walfang gelebt hatte. Dahinter lag das große Reetdachhaus, in dem das Museum untergebracht war.

»Pfui Teufel!«, schimpfte Torte laut, als er zwischen den bleichen Pfeilern des seltsamen Tores stand. »Ich hasse es, unter den Knochen von ermordeten singenden Fischen durchzugehen.«

»Wale sind keine Fische«, sagte Wilma und schob ihn weiter.

»Ja, ja, ich weiß«, Torte schnitt eine Grimasse, »weil sie keine Eier legen. Na und? Sehen sie nicht trotzdem aus wie Fische?«
»Weißt du was?« Frau Rose legte ihm einen Arm um die Schulter. »Genau deshalb hab ich als Kind einen furchtbaren Ärger mit meinem Biologielehrer bekommen. Trotzdem finde ich immer noch, dass Walfische Fische sind.«
»Ach, denen ist es doch sowieso ganz egal, für was wir sie halten«, knurrte Willi, »Hauptsache, wir lassen sie in Ruhe.«
Torte guckte Frau Rose immer noch etwas überrascht von der Seite an. »Sie hatten einen Biolehrer?«
»Einen furchtbaren«, raunte Frau Rose ihm zu. »Ein absolutes Scheusal.«
Vor der Tür des Museums erwartete sie ein kleiner, dicker Mann mit Backenbart und Fischerhemd. Mit größter Missbilligung blickte er der lärmenden Klasse entgegen.
»Ich bitte mal um etwas Ruhe!«, rief Frau Rose. »Das hier ist Herr Appelklaas, der uns freundlicherweise durch das Museum führen wird. Auch hier gibt es ein paar Regeln: Nichts anfassen …«, Herr Appelklaas nickte energisch mit dem runden Kopf, »… nichts umstoßen und vor allem zuhören.«
»Gerade die letzte Regel«, fügte Herr Staubmann mit leicht erhobener Stimme hinzu, »solltet ihr in eurem eigenen Interesse genauestens beachten, denn ihr werdet zu Hause das Vergnügen haben, über dieses Museum einen Aufsatz zu schreiben.«

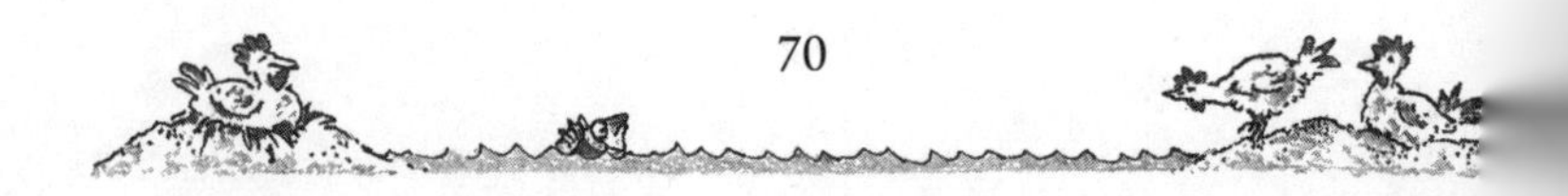

Allgemeines Stöhnen war die Antwort.
Herr Appelklaas lächelte schadenfroh.
In dem kleinen Museum gab es erstaunlich viel zu sehen: alte Trachten, Waffen aus der Wikingerzeit, ausgestopfte Seevögel und eine echte Kapitänskajüte. Besonders die Ausstellungsstücke aus der Zeit, zu der fast die ganze Insel vom Walfang gelebt hatte, Harpunen, Speckmesser und riesige Gemälde, betrachteten die meisten aus der Klasse mit leichtem Grausen. Im Übrigen entdeckte jeder etwas, das ihn besonders fesselte. Melanie blieb lange vor den alten Schmuckstücken und Festtagstrachten stehen, während Steve dabei erwischt wurde, wie er einer Galionsfigur an den hölzernen Busen grapschte. Herr Appelklaas war empört.
Im letzten Raum hingen Porträts von Kapitänen und ihren Familien, von Bürgermeistern und Pastoren und – von Jap Lornsen, dem Strandvogt, der ein Räuber gewesen war.
»Das ist er!«, flüsterte Wilma Sprotte zu. »Hast du ihn dir so vorgestellt?«
»Nee«, Sprotte schüttelte den Kopf. »Der sieht so harmlos aus. Macht sich als Gespenst wahrscheinlich doch nicht so gut.«
Die Wilden Hühner drängelten mit den Pygmäen um die Wette, um möglichst nah an das Bild heranzukommen.
»Der sieht wirklich nicht wie ein Verbrecher aus«, murmelte Frieda. Die andern hatten sie während der Busfahrt über alles aufgeklärt, über Staubmanns Geschichte, die Wette mit

den Pygmäen und deren Bedingungen. Von denen war sie nicht sonderlich begeistert gewesen.
»Nein, Jap Lornsen sah in der Tat nicht wie ein Verbrecher aus«, verkündete Herr Appelklaas. »Diesem Umstand hatte er es auch wohl zu verdanken, dass er lange Jahre ein Doppelleben führen konnte und auf der Insel als angesehener Bürger galt.«
»Stimmt es, dass er jetzt rumspukt?«, rief Fred.
Herr Appelklaas wechselte einen amüsierten Blick mit Herrn Staubmann. »In der Tat, das erzählt man sich. Manche behaupten, deshalb stände sein Grabstein auf dem Friedhof dieser Insel so schief.«
»Pfui Teufel!«, flüsterte Steve. Ängstlich starrte er Jap Lornsen in die wasserblauen Augen.
»Was macht er denn so?«, fragte Willi. »Ich meine, wenn er spukt?«
»Oh, man erzählt sich, dass er stöhnt und an den Wänden kratzt«, berichtete Herr Appelklaas. Zufrieden ließ er den Blick über die mucksmäuschenstill dastehenden Kinder gleiten. So viel Aufmerksamkeit war selten. »Außerdem hinterlässt er feuchte Spuren. Und wenn er nachts am Strand herumgeistert, wo er seine armen Opfer erschlagen hat, dann finden sich am nächsten Tag dort ein paar Münzen im Sand, so als wollte er für seine Sünden bezahlen. Das«, Herr Appelklaas wippte ein bisschen auf den Zehenspitzen, »das ist das, was die Legende berichtet. Die Legende«, er drehte

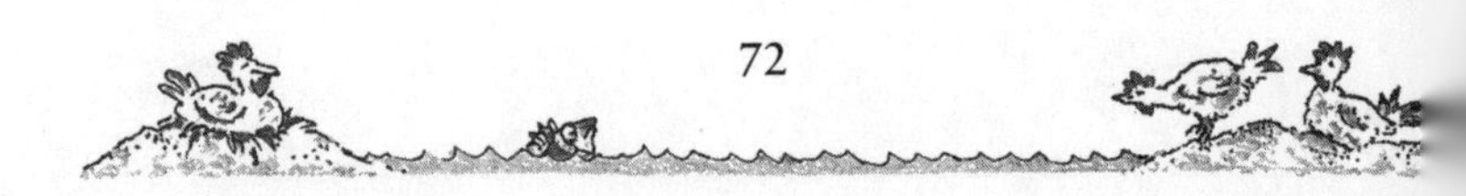

sich zu dem düsteren Porträt des Strandvogts um, »von Jap Lornsen, dem schlimmsten Strandräuber, den diese Insel je gekannt hat. Und sie hat viele gekannt.« Herr Appelklaas sah in die Runde. »Noch Fragen?«
»Ist auch ein Bild von der Frau da?«, fragte Melanie. »Von der Frau, die ihn vergiftet hat?«
Bedauernd schüttelte Herr Appelklaas den Kopf. »Damit können wir leider nicht dienen. Aber ein paar Dinge wissen wir über sie. Zum Beispiel ihren Namen. Sie hieß Friederike Mungard, und sie hatte nicht das Geld, sich malen zu lassen. So etwas war eine kostspielige Angelegenheit.«
»Schade«, murmelte Trude.
»Was ist aus ihr geworden?«, fragte Sprotte.
»Na, was schon?« Torte fasste sich um den Hals. »Krrk. Hingerichtet.«
»O nein«, Herr Appelklaas schüttelte den Kopf. »Nach der Tat ist sie mit ihren vier Kindern verschwunden, vermutlich mit einem Fischerboot, das sie zu Nachbarinseln oder zum Festland gebracht hat. Manche behaupten, die halbe Insel habe ihr bei der Flucht geholfen.«
»Romantisch!«, seufzte Wilma.
»Nein, eigentlich nicht«, sagte Herr Appelklaas. »Und auch ihr weiteres Leben wird sicherlich nicht romantisch verlaufen sein als Witwe mit vier Kindern, ohne Geld, ohne Besitz. Nein, bestimmt nicht. Aber ich glaube«, Herr Appelklaas warf Herrn Staubmann einen fragenden Blick zu, »das

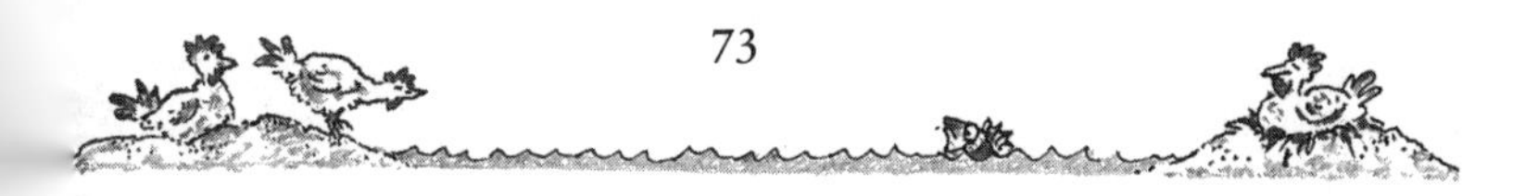

reicht zu dieser Abteilung. Ich schlage vor, wir wenden uns jetzt den Walfängern zu.«
»Noch so ’n Haufen Verbrecher«, murmelte Fred.
Aber das hörte Herr Appelklaas nicht.
Als sie vom Museum zurückkamen, war es Zeit fürs Abendbrot. Und danach war es dunkel. Trotzdem konnte Sprotte Herrn Staubmann überreden, mit ihnen noch ein bisschen an den Strand zu gehen. Während er in den Dünen saß und rauchte, suchten die Wilden Hühner mit ihren Taschenlampen den Strand ab nach Jap Lornsens Münzen. Leider tauchten bald auch die Pygmäen auf. Fred hatte dem Hausmeister seinen Schneeschieber abgeschwatzt, und damit buddelten sie sich wie ein Bagger durch den Sand.
»Na, ein Glück, morgen haben Fred und Willi Küchendienst«, sagte Sprotte, die misstrauisch zu den Jungs hinüberstarrte.
»Hoffentlich finden sie nichts!«, seufzte Wilma.
Die Mädchen hatten bisher nur ein paar Krebse, Muscheln und leere Bierdosen ausgegraben.
»Ich hab was!«, rief Trude plötzlich. »Ich hab eine Münze. Da.«
Die Pygmäen warfen die Schneeschaufel hin und guckten zu ihnen rüber.
Melanie leuchtete mit ihrer Taschenlampe auf Trudes Fund. »Das ist ein Fünfcentstück«, sagte sie.
Beruhigt und mit höhnischem Gelächter gingen die Pyg-

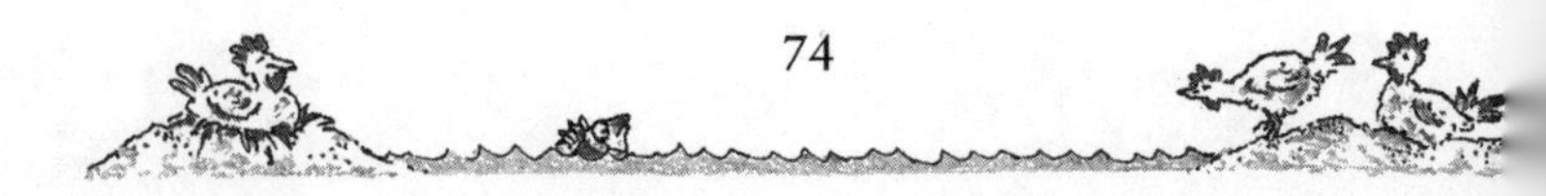

mäen wieder an die Arbeit. Aber soweit man das in der Dunkelheit erkennen konnte, waren sie auch noch nicht auf Interessanteres gestoßen. Nach einer halben Stunde hatten die Mädchen keine Lust mehr. Sie waren durchgefroren trotz der Buddelei, und ihre Haut war feucht von der Seeluft. Ihre Lippen schmeckten nach Salz. Auch die Jungs hatten das Graben aufgegeben, hockten im Sand und steckten die Köpfe zusammen. Die Wilden Hühner ließen sich in den Sand fallen und guckten missmutig aufs Meer. Nur Frieda hatte das Ganze nicht die Laune verdorben.
»Ich könnte ewig hier sitzen«, murmelte sie, »so schön ist es. Wenn man die Augen zumacht, geht das Rauschen richtig durch einen durch.«
Trude schloss die Augen. »Stimmt«, sagte sie. »Richtig im Bauch spürt man es.«
»Also, ich hab einen kalten Hintern«, sagte Melanie. »Ich geh rein. Ist sowieso albern, das Ganze.«
In dem Moment kam Staubmann aus den Dünen gestakst und stellte sich vor sie hin. »Na, genug für heute?«, fragte er.
»Ja«, Sprotte rappelte sich auf. »War 'ne blöde Idee, hier im Dunkeln rumzusuchen.«
»Da!«, rief Trude. Sie griff nur eine Handbreit von Staubmanns Schuhen entfernt in den Sand.
»Was *da*?«, fragte Melanie gelangweilt. »Wieder ein Fünfcentstück? Kommt, lasst uns endlich reingehen. Ich brauch einen heißen, heißen Tee.«

»Aber guckt doch mal!«, rief Trude. »Da, die sehen richtig alt aus.«
Ungläubig beugten sich die anderen über ihre sandige Hand. Die Pygmäen sprangen auf und kamen auch näher. Drei große, verkrustete Münzen hatte Trude gefunden, mit einem Wappen auf der einen und einer Zehn auf der Rückseite.
»Gucken Sie mal, Herr Staubmann«, sagte Frieda.
Herr Staubmann nahm Trude die Münzen aus der Hand und betrachtete sie eingehend. »Tja, mit so etwas bezahlt man schon lange nicht mehr«, stellte er fest. »Ich bin zwar kein Experte, aber das könnte durchaus etwas von Jap Lornsens Sündengeld sein.«
Als er Trude die Münzen wieder in die Hand legte, schloss sie schnell die Finger.
»He, Trude, jetzt musst du heute Nacht aber gut abschließen«, sagte Fred. »Weiß doch jeder, dass Gespenster sich ihr Geld zurückholen.«
»Ja, genau!«, rief Torte. »Aber Abschließen hilft natürlich nicht. Der gute alte Jap wird seine Knochenhand einfach durch die Wand stecken.«
»Hört auf!«, rief Sprotte ärgerlich. »Ihr seid ja bloß neidisch, dass ihr nichts gefunden habt.«
Trude kaute nervös auf ihrer Lippe herum. Die Hand mit den Münzen steckte sie ganz tief in die Hosentasche.
»Komm, Trude«, Sprotte zog sie mit sich. »Hör bloß nicht auf die blöden Kerle.«

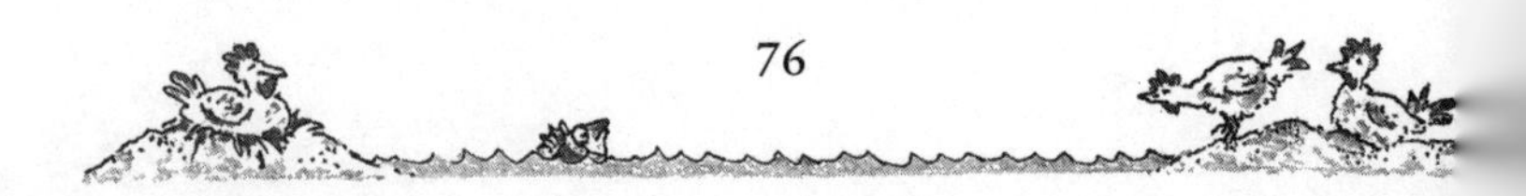

Die Wilden Hühner folgten Herrn Staubmann durch die Dünen zum Heim. Die erleuchteten Fenster waren ein beruhigender Anblick nach der Dunkelheit am Strand.
»Huhuuuuuu!«, heulten hinter ihnen die Pygmäen. »Hoitööóhööö Nahacht hooooolen wir uuuuns die dicke Truhuuude!«
»Ihr gemeinen Kerle!«, rief Wilma und warf klumpenweise Sand nach ihnen. »Ihr jämmerlichen Würstchen!«
»Mach dir nichts draus!«, flüsterte Sprotte Trude zu. »Wenn sie sich ärgern, sind sie einfach besonders gemein.«
»Genau!« Melanie hakte sich bei Trude ein. »Aber schon bald«, sie senkte die Stimme, damit Staubmann sie nicht hören konnte, »schon bald werden die sich sowieso nur noch kratzen und an nichts anderes mehr denken können.«
»Interessiert mich ja auch nicht, was die sagen!« Trude schniefte ein bisschen. »Aber trotzdem hätte ich gern, dass jemand von euch die Münzen nimmt. Wo ihr doch sowieso nicht an Gespenster glaubt.«
Die anderen Hühner guckten sich an. Keine streckte die Hand aus.
»Gib sie mir!«, sagte Frieda schließlich. »Ich hab bloß Angst vor lebendigen Räubern. Und lebendig ist dieser Kerl ja hundertprozentig nicht mehr.«

Nach dem Waschen schlossen sie ihre Tür ab. Sogar einen Stuhl klemmte Sprotte zusätzlich unter die Klinke. Nora lag auf ihrem Bett und lästerte natürlich über diese Sicherheitsmaßnahmen, aber die Wilden Hühner beachteten sie nicht. Sie bereiteten alles für Wilmas Hühnerschwur vor. Melanie fand, dass das Zimmer feierlich sein musste, und hängte ihr rosa Seidentuch vors Fenster. Sie wollte sogar Sprottes Stoffhuhn eine Schleife umbinden, aber das verbot Sprotte ihr. Frieda kochte Rosenblütentee, Trude zündete ein paar von den Kerzen an, die sie mitgebracht hatten, und Wilma holte Becher. Vor Aufregung ließ sie einen fallen, aber zum Glück blieb er ganz. »Ob die Pygmäen wohl schon die Köpfe auf den Kissen haben?«, fragte Sprotte plötzlich.
»Wahrscheinlich warten sie darauf, dass wir uns hinlegen«, sagte Melanie. »Aber da können sie lange warten.« Zusammen setzten sie sich um den Tisch.
»Können wir mal kurz das Licht ausmachen, Nora?«, fragte Frieda.

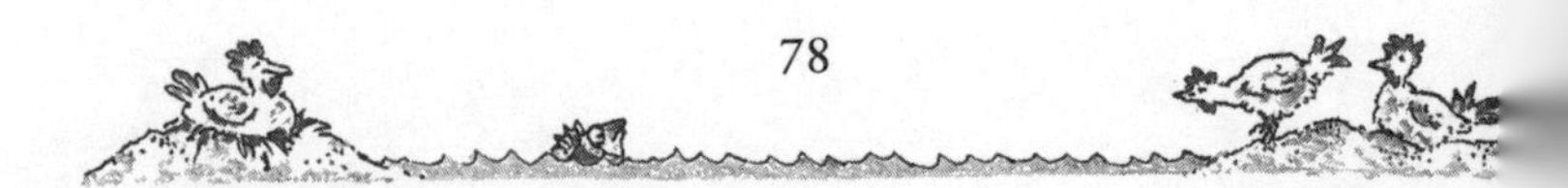

»Wieso das denn?«
»Damit es feierlicher aussieht«, antwortete Trude. »Wilma muss nämlich gleich schwören.«
Von Noras Bett kam ein lautes Stöhnen. »Gott, seid ihr kindisch! Fünf Minuten, nicht länger.«
Im Kerzenlicht sah das kahle Zimmer wirklich gleich viel feierlicher aus.
»Also«, sagte Sprotte, »Wilma, willst du immer noch ein Wildes Huhn werden?«
»Ja!«, hauchte Wilma.
»Dann steh auf und sprich mir nach ...«
Wilma sprang so hastig von ihrem Stuhl auf, dass sie fast ihren Tee umkippte.
»Ich schwöre ...«, begann Sprotte.
»Ich schwöre«, wiederholte Wilma.
»... die Geheimnisse der Wilden Hühner ...«, sagte Melanie.
»... die Geheimnisse der Wilden Hühner«, hauchte Wilma.
Trude fuhr fort: »... mit Leib und Leben zu schützen und nie zu verraten ...«
»Mit Leib und Leben zu schützen und nie zu verraten«, wiederholte Wilma.
»Sonst will ich auf der Stelle völlig tot umfallen«, sagte Frieda.
Wilma schluckte. »Sonst will ich, ehm, sonst will ich auf der Stelle völlig tot umfallen.«
Nora kicherte. Sie amüsierte sich prächtig.

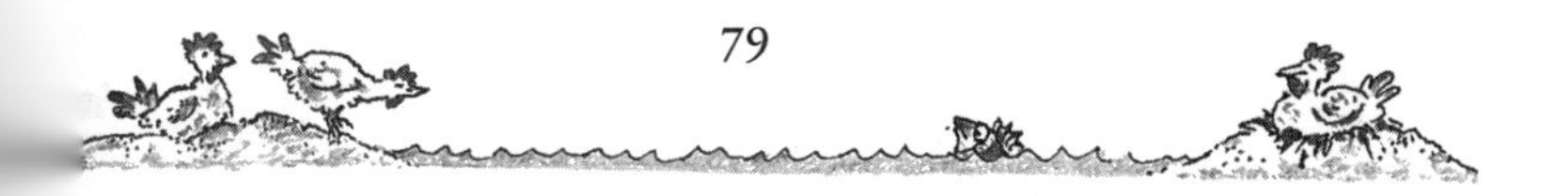

»Was ist denn völlig tot?«, fragte sie. »Gibt es auch ein bisschen tot?«
»Ach, sei ruhig«, sagte Sprotte ärgerlich. »Spuckt auf eure Finger. Du auch, Wilma.«
Alle fünf spuckten auf ihre Zeigefinger, dann rieben sie sie über dem Tisch aneinander.
»Das war's«, sagte Sprotte. »Jetzt sind wir fünf.«
»Überzahl!« Melanie wischte sich ihren Finger sorgfältig an einem Taschentuch ab. »Fünf zu vier. Jetzt müssen die Pygmäen sich noch wärmer anziehen.« Sie stieß Wilma in die Seite. »Wie fühlst du dich als echtes Huhn?«
»Wunderbar«, flüsterte Wilma.
»Jetzt brauchst du nur noch eine echte Hühnerfeder«, sagte Frieda, »die kann Sprotte dir aus dem Hühnerstall ihrer Großmutter besorgen.«
»Aber nicht in nächster Zeit«, brummte Sprotte. »Meine Mutter und meine Großmutter sprechen seit 'ner Woche mal wieder nicht miteinander. Fürs Erste muss die Möwenfeder reichen.«
»Licht an!«, rief Nora. »Ich will endlich weiterlesen. O verdammt, was juckt hier denn so? Habt ihr hier 'ne Katze drin gehabt? Ich bin allergisch gegen Katzen!«
»Ach, du je!« Trude kicherte. »Wisst ihr was? Ihr Kissen haben wir ganz vergessen!«
»Stimmt!« Jetzt fingen auch Melanie und Frieda an zu kichern. Sie konnten gar nicht mehr aufhören.

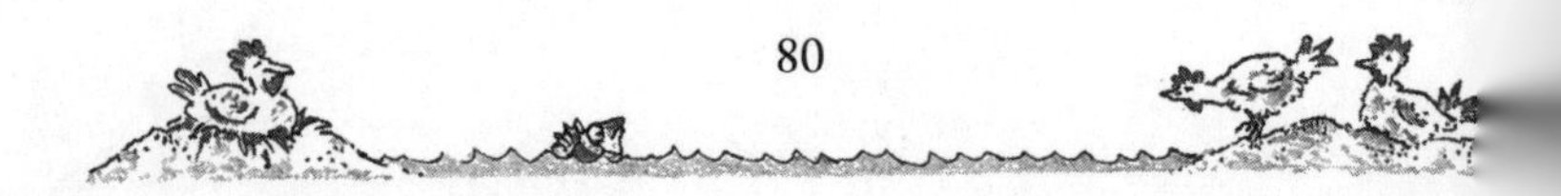

»Was meint ihr damit?«, brüllte Nora. »Ihr habt mein Kissen vergessen? Was soll das heißen?«
»Die Pygmäen haben Juckpulver auf die Kissen gestreut«, sagte Sprotte. Mit breitem Grinsen schaltete sie das Licht wieder an. »Unsere haben wir nach drüben gebracht. Aber deins haben wir vergessen.«
»Juckpulver?« Nora kratzte sich wie verrückt den Kopf und den Nacken. »Ich glaub das nicht. Also, ich glaub das einfach nicht.« Mit einem Satz sprang sie vom Bett und rannte zu dem kleinen Waschbecken, das sie im Zimmer hatten.
»Wie fühlt sich das eigentlich an?«, fragte Wilma. »Juckpulver?«
Als Antwort warf Nora ihr nur einen mörderisch wütenden Blick zu. »Verdammt, sogar die Haare muss ich mir jetzt waschen!«, schimpfte sie. »Bloß wegen eurer Kleinkinderwitze.«
»Ich kann dir ein tolles Shampoo leihen«, sagte Melanie mit Engelslächeln.
Nora würdigte sie nicht mal eines Blickes.
»Wie sieht es denn wohl bei den Jungs aus?« Sprotte lauschte an der Tür. »Noch nichts zu hören. Na gut, dann können wir uns ja noch mal in Ruhe Trudes Münzen ansehen.«
»Da.« Frieda legte sie auf den Tisch.
Trude betrachtete sie mit Besitzerstolz – und leichtem Grausen. »Die sehen richtig echt aus, nicht?«
Melanie runzelte die Stirn und kratzte mit ihrem grünen

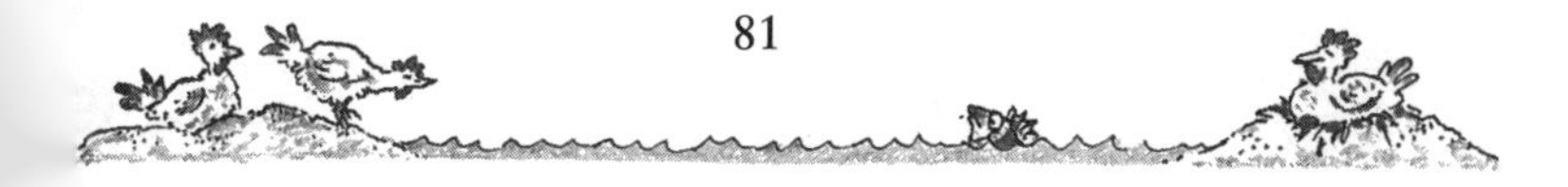

Fingernagel etwas Sand von dem schartigen Metall. »Na und? Das heißt doch noch lange nicht, dass dieser Spuk-Lornsen sie verloren hat. Ich glaub immer noch, das ist alles ein Touristenmärchen.«
»Trotzdem, ich werd mich heute Nacht ans Fenster setzen und den Strand im Auge behalten«, sagte Sprotte, »aber …«, sie ging zur Tür, »vorher schau ich noch mal unauffällig bei den Pygmäen rein. Muss ein wunderbarer Anblick sein, wenn die sich alle wie die verlausten Affen kratzen. Ich könnte mir nicht verzeihen, wenn ich das verpasse.« Sie schob den Stuhl zur Seite und schloss die Tür auf. »Will jemand mit?«
»Ich!«, sagte Wilma.
Wütend schlang Nora sich ein Handtuch um den nassen Kopf. »Ich hoffe, sie rösten euch!«, fauchte sie. »Wie sich das für blöde Hühner gehört.«
Trude hielt Sprotte am Ärmel fest. »Bleibt doch besser hier, ja? Wegen diesem Gespenst, mein ich.«
»Quatsch«, Sprotte schob sich mit Wilma durch die Tür nach draußen. »Für Gespenster ist es noch viel zu früh. Schließt hinter uns ab und lasst keinen rein, klar?«
»Klar!«, sagte Melanie und schloss hinter den beiden die Tür.
Auf dem Flur war es stockdunkel. Nur durch die Türritzen fiel etwas Licht. Aus den anderen Zimmern war Gekicher zu hören, und irgendwo hüpfte jemand auf den quietschen-

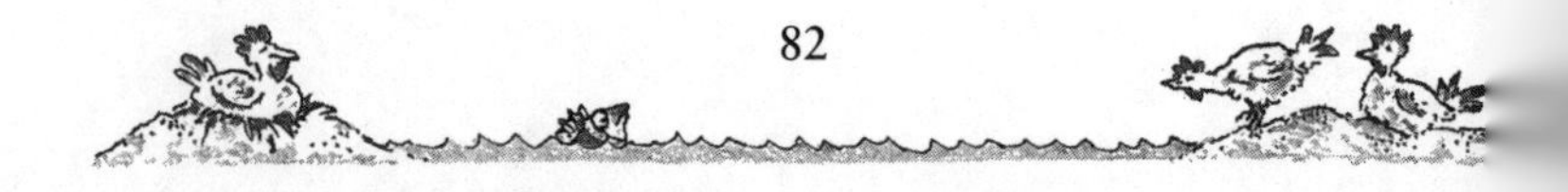

den Betten rum. Bei Frau Rose war es still, aber unter ihrer Tür war ein schmaler Lichtstreifen zu sehen. Herrn Staubmanns Zimmer war dunkel.
»Sollen wir das Flurlicht anmachen?«, flüsterte Wilma.
»Warum nicht? Wir tun einfach so, als müssten wir noch mal aufs Klo.« Sprotte drückte auf den Schalter, aber es tat sich nichts.
»Komisch«, murmelte sie. »Hast du deine Taschenlampe da?«
»Hab ich vergessen«, flüsterte Wilma.
»Macht nichts«, flüsterte Sprotte zurück. »Komm jetzt.«
Vorsichtig schlich sie vor. Aus dem Waschraum war lautes Geplansche zu hören. Und Gefluche. Wütendes Gefluche. Pygmäengefluche.
»Hör dir das an!« Sprotte kicherte. »Die Herren sind schon unter der Dusche. Versuchen, das Zeug abzukriegen. Tja, wieder ein Punkt für die Wilden Hühner.«
»Denkst du!«, knurrte jemand hinter ihr.
Wilma stieß einen kleinen, spitzen Schrei aus. Erschrocken drehte Sprotte sich um. Jemand packte sie und hielt ihr den Mund zu. Den Griff kannte sie. Das konnte nur Willi sein. Fred hatte Wilma im Schwitzkasten. Das war bestimmt angenehmer.
»Willi und ich haben 'ne kleine Kissenschlacht gemacht«, sagte Fred. »Der haben wir wohl zu verdanken, dass uns nicht der Schädel juckt, was?«
Sprotte kniff vor Wut die Augen zusammen. Sagen konnte

sie ja nichts, wegen Willis Eisenhand auf ihrem Mund. Sie versuchte reinzubeißen, aber das klappte nicht.
Unglücklich guckte Wilma sie über Freds Hand hinweg an. Sprotte versuchte auf Willis Füße zu treten, aber das klappte auch nicht. Willi war einfach zu geübt im Gefangene-Festhalten.
»Los, Willi, zu ihrem Zimmer!«, flüsterte Fred. »Aber pass auf, Frau Rose wohnt fast gegenüber. Hast du unser kleines Geschenk?«
Willi nickte.
Ach ja, Frau Rose. Sprotte hatte gerade vorgehabt, nach Willis Haaren zu greifen. Aber wenn Frau Rose was von ihren Bandenspielchen mitbekam, würden sie alle Ärger kriegen. Großen Ärger. Frau Rose mochte Banden gar nicht.
Also ließ Sprotte sich zurück zum Hühnerzimmer schleppen. Wilma strampelte und trat, aber Fred ließ sie nicht los.
»He, ihr da drin!« Er klopfte dreimal gegen die Zimmertür. »Macht auf.«
Ein paar Atemzüge lang war es still. Dann raschelte es hinter der Tür.
»Wir denken ja gar nicht daran«, antwortete Melanie.
»Denken war noch nie eure Stärke«, sagte Fred leise. »Wir haben Sprotte und Wilma!«, zischte Willi durchs Schlüsselloch. »Und wir kitzeln sie aus, wenn ihr nicht aufmacht.«
Das war zu viel für Sprotte. Egal, was Frau Rose sagte, als Geisel ließ sie sich nicht nehmen. Nein.

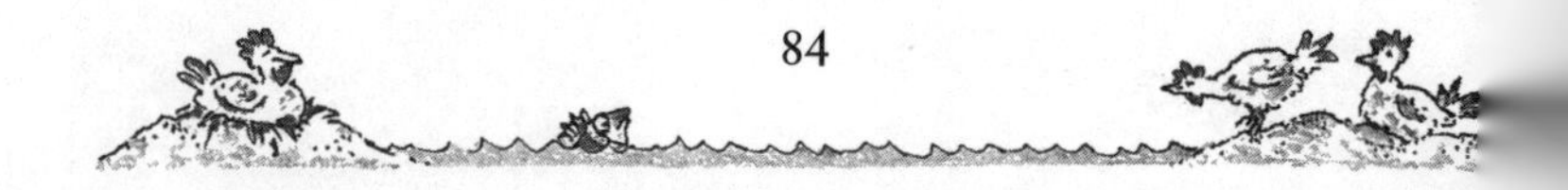

Mit einem Ruck befreite sie einen Arm aus Willis Griff, packte seine Haare – und zog mit aller Kraft. Nach hinten. Willi brüllte wie ein Stier. Eine Schrecksekunde lang lockerte sich sein Griff, das reichte Sprotte. Blitzschnell riss sie sich los. Wenn Willi einen seiner Wutanfälle bekam, war nicht mit ihm zu spaßen – und jetzt hatte er einen. Mit wutverzerrtem Gesicht versuchte er Sprotte gegen die Wand zu stoßen, aber sie tauchte weg und sprang auf Fred los, um Wilma zu helfen.

In dem Moment ging die Tür auf.

Sprotte konnte es nicht fassen.

Im Rahmen stand Nora, immer noch mit dem Handtuch um den Kopf. »Mir reicht's, endgültig!«, schimpfte sie. »Hört endlich auf mit diesem Babykram, klar?«

Melanie drängte sich neben sie und versperrte die Tür. Rote Ärgerflecken hatte sie im Gesicht. »Wir wollten nicht aufmachen«, sagte sie atemlos, »aber die blöde Ziege war schneller.« Wütend guckte sie Fred an. »Lasst die beiden los. Ihr kommt nicht rein, auch wenn ihr hier drin so eine feine Helferin habt.«

Nora streckte ihr die Zunge raus.

Und Fred grinste. »Wir wollen gar nicht rein«, sagte er. »Wir wollten nur ein kleines Geschenk abgeben.« Blitzschnell zog Willi etwas aus der Hosentasche, warf es seinem Chef zu – und Fred warf es über Noras eingewickelten Kopf hinweg ins Zimmer.

Sprotte roch sofort, was es war.
Und zu allem Unglück kam jetzt auch noch Frau Rose den Flur runter. Sehr verärgert sah sie aus. »Natürlich!«, rief sie. »Hühner und Pygmäen! Ich denke, ihr hattet das Kriegsbeil begraben? Was …« Frau Rose schnupperte und verzog angewidert das Gesicht. »Eine Stinkbombe? Ja, spinnt ihr denn? Wisst ihr, dass wir wegen so etwas hier rausfliegen können? Habt ihr schon mal was von einer Hausordnung gehört?«
»War doch nur ’n kleiner Scherz«, murmelte Fred, aber er traute sich nicht, Frau Rose anzusehen.
»Ein kleiner Scherz?«, rief sie. »Soll ich mir mal den kleinen Scherz erlauben, eure Eltern anzurufen? Wer hat das Ding geschmissen?«
Hühner und Pygmäen schwiegen. Das war ungeschriebenes Gesetz. Keiner verriet den andern. Aber sie hatten Nora vergessen.
»Der!«, sagte sie und zeigte auf Fred. »Der hat sie geschmissen. Und ich kann jetzt in diesem Gestank schlafen, obwohl ich nichts mit ihrem albernen Bandenkram zu tun habe!« Ganz zittrig vor Wut klang ihre Stimme.
»Du kannst bei mir schlafen«, sagte Frau Rose. »Und ihr …« Kopfschüttelnd guckte sie die Wilden Hühner an. »Ich glaube fast, ihr habt euch das hier selbst eingebrockt, oder? Trotzdem, die Stinkbombe haben die Jungs geschmissen, also sollen sie auch den Duft genießen dürfen. Deshalb schlag ich vor, ihr tauscht die Zimmer für eine Nacht.«

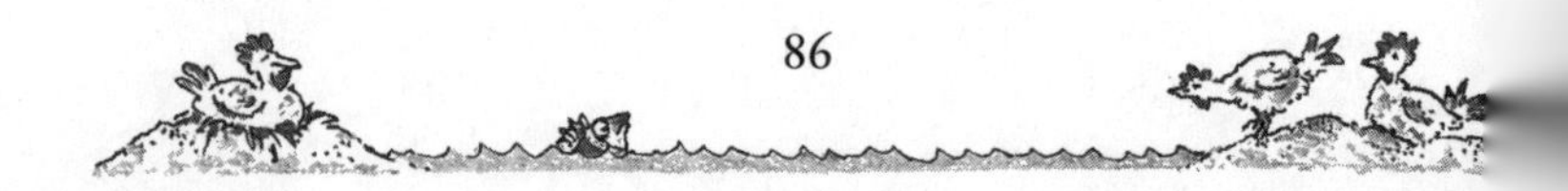

Die Wilden Hühner guckten wenig begeistert.
»Ach nein, Frau Rose«, sagte Sprotte schnell. »Wir wollen in unserem Zimmer bleiben. Das bisschen Gestank halten wir schon aus.«
»In deren Zimmer würden wir doch kein einziges Auge zukriegen«, meinte Wilma. »Bei den ganzen Fußballköpfen an den Wänden.«
»Ach«, überrascht guckte Frau Rose sie an. »Gehörst du jetzt etwa auch zu diesem verrückten Haufen, Wilma?«
Verlegen guckte Wilma zu Boden.
Frau Rose seufzte. »Ihr habt es gehört«, sagte sie zu den Pygmäen. »Eure Opfer verzichten heute Nacht auf Entschädigung. Aber ich verspreche euch, und damit meine ich auch die Hühner, wenn ihr hier abends auch nur noch eine Dummheit macht, dann trenne ich euch und stopfe jeden in ein anderes Zimmer, verstanden?«
»Verstanden!«, murmelten Hühner und Pygmäen.
Frau Rose guckte zur Flurlampe hinauf. »Habt ihr auch was damit zu tun, dass das Licht plötzlich nicht geht?«
»Wir haben die Birne rausgedreht«, murmelte Fred.
»Dann dreht sie schleunigst wieder rein«, sagte Frau Rose. »Noch mal, das ist der letzte Abend, wo hier so etwas vorkommt, ist das klar? Sonst ist die Klassenreise für euch beendet. Wenn ihr schon eure Dummheiten weitertreiben wollt, dann tagsüber und draußen. Egal, was passiert, ich will eure Nasen nach neun nicht mehr auf dem Flur sehen.«

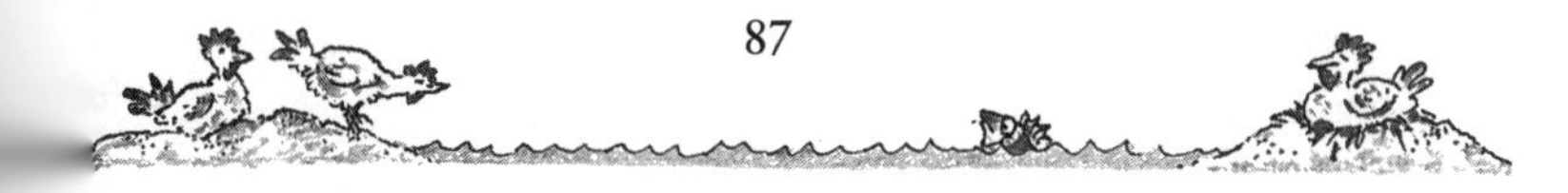

»Und wenn das Gespenst kommt?«, fragte Fred. »Wie sollen wir ihm auf die Spur kommen, wenn wir nicht mal rausdürfen?«
»Ach, der alte Lornsen!« Frau Rose schüttelte nur den Kopf. »Ja, die Geschichte hat euch beeindruckt, das kann ich mir vorstellen. Sollte der alte Strandräuber wirklich hier auftauchen, dann ruft ihr mich oder Herrn Staubmann. Aber ich glaube, die Chancen sind gering. Und jetzt in die Betten.«
Fred nahm Willi am Arm und drehte sich um.
»Mann, diesmal habt ihr's aber wirklich gründlich übertrieben!«, zischte Sprotte ihm zu.
»Ja, ja, schon gut!«, brummte Fred.
Dann schlichen er und Willi zerknirscht in ihr Zimmer zurück.

Frieda schrubbte die Stelle, an der die Bombe geplatzt war, bis ihr der Rücken wehtat. Dann sperrten sie die Fenster auf, so weit es ging. Aber der Gestank blieb, als wäre er an die Wand geklebt. Nur kalt wurde es, lausig kalt. An Aufbleiben war nicht zu denken.

Bis an die Nasen zugedeckt lagen die fünf in ihren Betten. Aber von Schlafen konnte auch keine Rede sein.

Draußen rauschte das Meer. Sonst war es still. Kein Gekicher war mehr in den Nachbarzimmern zu hören.

»Den Abend haben wir uns ja wirklich gründlich verdorben«, sagte Frieda in die Stille hinein. »Wenn das so weitergeht, werden wir uns noch die ganze Klassenreise vermiesen mit diesem Stinkbombenjuckpulversonstwaskram.«

»Wir?« Sprotte drückte ihr Stoffhuhn ganz fest an sich, aber viel wärmer wurde ihr davon auch nicht. »*Die* haben das Juckpulver mitgebracht und die Stinkbombe.«

»Ja, ja, ich weiß«, Frieda seufzte. »Aber jetzt sollten wir einfach Schluss machen. Die haben ihren Spaß gehabt, wir ha-

ben unsern gehabt, aber jetzt ist es auch gut. Wir sind doch nur noch drei Tage hier. Soll das die ganze Zeit so gehen?« Sie schwieg einen Moment. »Torte hat auch gesagt, dass er keine große Lust mehr hat auf das ewige Geärger.«
»Ach ja?« Sprotte lehnte sich über den Bettrand zu Frieda runter. »Glaubst du das etwa? Denen ist doch ganz egal, ob wir aufhören, die fangen garantiert wieder an.«
»Mir reicht's!«, sagte Melanie, schlug ihre Decke zurück und kletterte aus dem Bett. »Ich mach jetzt das Fenster zu, okay?«
»Siehst du was draußen?«, fragte Trude.
»Den ollen Lornsen, meinst du?« Fröstelnd lehnte Melanie sich aus dem Fenster. »Ja, tatsächlich, da unten schwebt er! O Gott! Wie grässlich! Ganz verschimmelt ist er, und um ihn rum springen die klappernden Skelette von seinen Opfern.«
Misstrauisch guckte Trude sie an.
»Igitt!« Melanie hielt sich die Augen zu. »Jetzt reißt er ihnen die Knochen ab und wirft sie ins Meer!«
»Blödsinn!«, murmelte Trude, aber trotzdem kletterte sie aus dem Bett, tapste zu Melanie hinüber und lugte über ihre Schulter nach draußen.
»Wusst ich's doch«, murmelte sie enttäuscht. »Gar nichts ist da. Überhaupt nichts.«
»Stimmt!« Spöttisch tätschelte Melanie ihr die Backe. »Außerdem könntest du sowieso nichts sehen. Hast deine Brille nämlich nicht auf.« Mit einem Knall schloss sie das Fens-

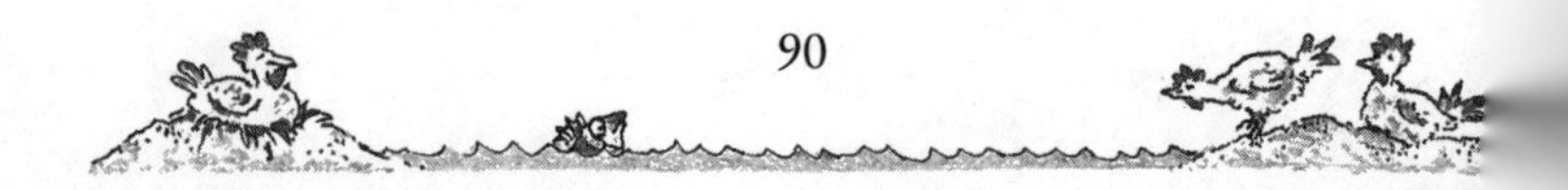

ter, drehte sich um – und musterte Trude von Kopf bis Fuß.
»Mein Gott, wo hast du denn den Schlafanzug her?«
»Wieso? Von meiner Mutter.« Verlegen guckte Trude an sich runter. »Meine Mutter kauft alle meine Sachen.«
»Aber in dem siehst du aus wie ein Riesenbaby!«, rief Melanie. »Wie kann sie dir so was kaufen?«
Ohne ein Wort drehte Trude sich um, kroch in ihr Bett zurück und zog sich die Decke bis unter die Nase. »Mensch, Melanie, musste das sein?«, fragte Sprotte. »Wir sagen doch auch nichts über deine Kleider, oder?«
»Ach!« Ärgerlich drehte Melanie sich zu ihr um. »Soll ich sagen: ›Trude, das ist aber 'n tolles Modell. So einen hätte ich auch gern? Trude, deine Frisur ist Spitze. Trude, du bist überhaupt nicht zu dick?‹«
Trude schniefte laut.
»Du könntest ja mal gar nichts sagen«, sagte Frieda.
»So wie ihr, was?« Melanie bekam schon wieder ihre roten Flecken. »Ihr denkt dasselbe, aber ihr sagt nichts. Hilft ihr das vielleicht?« Melanie hockte sich vor Trudes Bett. »Weißt du was? Vergiss den Schlafanzug, aber morgen verpassen wir dir eine bessere Frisur. Ich kann so was. Hat mir meine Cousine gezeigt. Die ist echte Friseurin oder wie das heißt. Hier kann deine Mutter nämlich gar nichts dagegen machen. Was meinst du?«
»Was denn für 'ne Frisur?« Besorgt lugte Trude über ihre Decke. »Also, ich weiß nicht …«

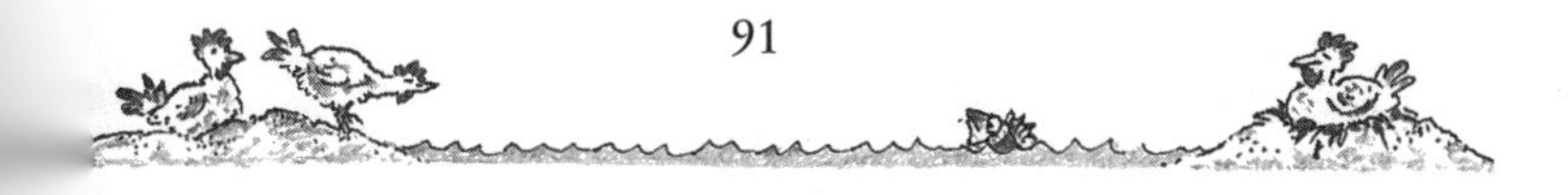

Genau in dem Moment hörten sie es.
Ein scheußliches Gelächter auf dem Flur.
Erschrocken guckten die fünf sich an.
Dann kratzte irgendwas an ihrer Tür entlang.
Wie der Blitz war Sprotte aus dem Bett. Sie griff nach der Klinke.
»O nein, lass bloß die Tür zu!«, rief Wilma.
Aber Sprotte steckte schon vorsichtig den Kopf nach draußen. Im Nu standen die anderen Hühner hinter ihr.
»Was siehst du?«, flüsterte Frieda.
Das Flurlicht brannte, und aus jedem Zimmer guckte jemand heraus.
»Wer war das?«, fragte Rita. Rita konnte Karate und hatte ganz bestimmt keine Angst vor Gespenstern.
»Könnte eine Katze gewesen sein«, rief Pauline aus dem Zickenzimmer. Aber die Tür machte sie nur einen ganz kleinen Spalt auf.
Herr Staubmann war auch da. In einem kanariengelben Morgenmantel, mit zerzaustem Haar stand er in seiner Zimmertür. »Interessant«, sagte er. »Offenbar habe ich nicht als Einziger ein paar seltsame Geräusche gehört. Was hat Sie geweckt, liebe Kollegin?«
Verschlafen kam Frau Rose aus ihrem Zimmer gewankt. Ohne roten Lippenstift und Lidschatten sah sie ganz anders aus. »Ein unappetitliches Lachen«, sagte sie. »Das hat mich geweckt. Und dann hat was an meiner Tür gekratzt. Die arme

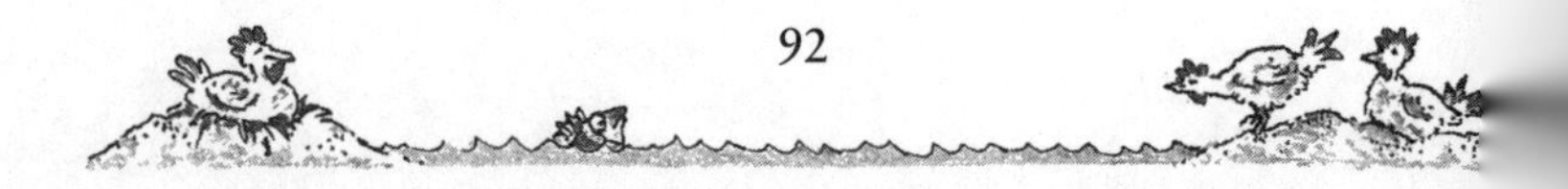

Nora hat sich gleich unterm Bett versteckt. Also, jetzt bitte mal ganz ehrlich«, sie warf einen strengen Blick Richtung Hühner- und einen anderen, ebenso strengen Richtung Pygmäenzimmer. »Wart ihr das etwa schon wieder?«
»Nein!«, riefen beide Banden empört.
»Sie waren es in diesem Fall wohl wirklich nicht«, meinte Herr Staubmann. »Beim letzten Kratzer stand ich schon auf dem Flur.« Er zuckte die Schultern. »Hell erleuchtet, aber weit und breit nichts zu sehen. Absolut nichts. Alle Türen waren geschlossen, und in den Zimmern war es verhältnismäßig ruhig. Seltsame Sache, muss ich sagen.«
»Der Strandvogt!«, stöhnte Wilma.
»Haben wir ja gesagt!«, rief Fred. »Er wollte sich sein Geld zurückholen. Trude hätte die Münzen eben liegen lassen sollen.«
»Was ist das überhaupt für ein blödes Gespenst?«, schimpfte Torte. »Kommt um elf, wo wir gerade dabei sind, alles für Mitternacht vorzubereiten.«
»Was gab es denn da vorzubereiten?«, fragte Herr Staubmann interessiert.
»Na, was man eben so vorbereitet«, murmelte Fred. Ärgerlich schubste er Torte zurück ins Zimmer.
»Steve, was habt ihr vorbereitet?«, fragte Frau Rose. »Los, raus mit der Sprache.«
Steve wand sich wie ein Aal. Aber Frau Roses strenger Blick war mächtiger als Freds warnende Ellbogenstöße. »Bana-

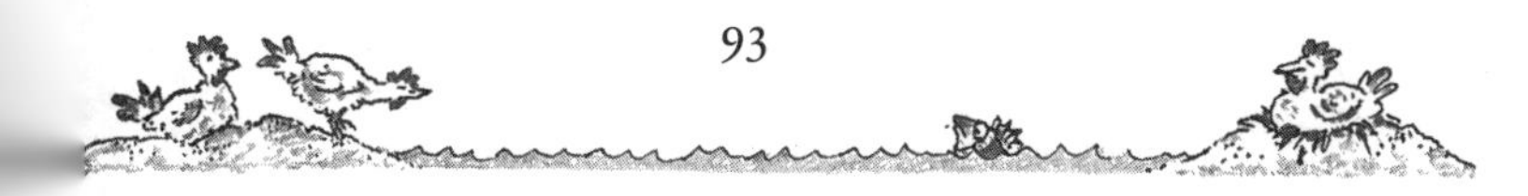

nenschalen«, murmelte er, »damit es ausrutscht, zum Beispiel.«
Die Wilden Hühner prusteten los.
»Bananenschalen!«, rief Sprotte spöttisch. »Für ein Gespenst. Ich werd nicht mehr!«
»Es ist ja aber kein Gespenst!«, rief Fred ärgerlich.
»Habt ihr noch was vorbereitet?«, fragte Herr Staubmann.
Steve zuckte die Achseln. »Bloß noch einen Eimer Wasser, und dann haben wir Tinte in unsere Wasserpistolen getan. Um es sichtbar zu machen.«
Jetzt kicherte die ganze Klasse.
»Mann, Steve!«, stöhnte Willi.
»Diese Vorbereitungen werden auf der Stelle rückgängig gemacht!«, sagte Frau Rose. »Denn sonst fangt ihr womöglich irgendwann Hühner damit. Und was dieses kratzende, lachende Gespenst betrifft, wenn ich das erwische«, sie guckte einem nach dem andern ins Gesicht, »dann wird ihm oder ihr das Spuken gründlich vergehen.«
Gähnend drehte sie sich um. »Wenn ich um meinen Schlaf gebracht werde«, rief sie noch über die Schulter, »verliere ich nämlich jeden Sinn für Humor.«
Dann knallte Frau Rose ihre Zimmertür zu.
Zum letzten Mal in dieser Nacht.

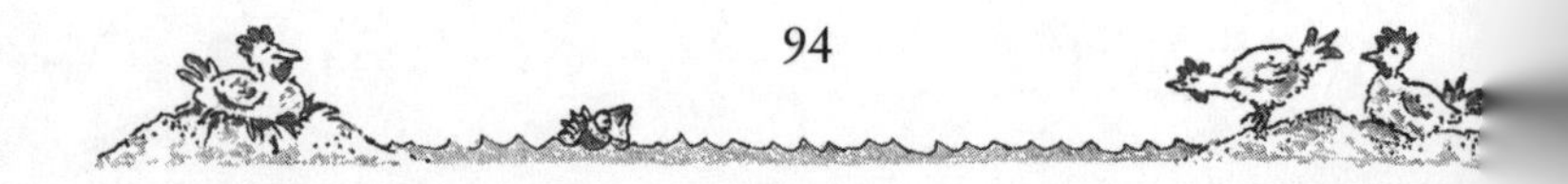

Der dritte Tag begann wieder mit Herrn Staubmanns Trillerpfeife.
Stöhnend zogen sich die Wilden Hühner die Decken über die Köpfe. Bei Staubmanns viertem Pfiff kroch Sprotte aus dem Bett. Die halbe Nacht hatte sie am Fenster gehockt und zum Strand runtergestarrt, trotz Kälte und Gestank, während die andern friedlich schliefen, aber kein Gespenst hatte seine bleiche Nase da draußen gezeigt.
Im Zimmer stank es immer noch.
Sprotte wankte zum Fenster und guckte nach draußen. Über dem Meer hingen dunkle Wolken. Nur ab und zu brach die Sonne durch, und das Wasser begann zu glitzern, als hätte jemand flüssiges Silber hineingegossen. Im nächsten Moment zogen wieder schwarze Wolkenschatten über die Wellen.
»Wird heute wieder nichts mit Baden«, stellte Sprotte fest. »Aber genau das richtige Wetter für unseren Friedhofsbesuch, was?« Gähnend schlurfte sie zu dem kleinen Waschbecken neben dem Fenster, das ihnen morgens den großen

Waschraum ersparte. Das Ding war wirklich das einzig Gute an einem Sechserzimmer.

»Oh, ich mag Friedhöfe.« Trude schob die Decke zurück und setzte ihre Brille auf. »Wir gehen manchmal auf dem Friedhof spazieren, lesen die Sprüche auf den Grabsteinen und gucken uns die Engel an. Wunderschöne Engel stehen da.«

»Stimmt, aber so einen kriegen wir bestimmt nicht auf unser Grab«, sagte Melanie. Sie setzte sich auf ihr Bett und bürstete sich die Haare. Das tat sie jeden Morgen als Erstes, wenn sie wach war. »Nee, wir kriegen garantiert irgend so einen komischen Stein mit nichts als dem Namen drauf.«

»Also, auf meinem soll stehen …« Sprotte war mit ihrer Katzenwäsche fertig und machte Platz für Frieda. »Hier liegt Charlotte. Sie hatte echt gute Ideen.«

»Wirklich?« Trude kicherte.

Draußen auf dem Flur knallten die Türen. Leute rannten hin und her, und irgendwo hörte man Herrn Staubmann schimpfen.

»Ich finde Friedhöfe traurig«, sagte Wilma. »Ich lass mich lieber überm Meer verstreuen. Das hab ich sogar extra aufgeschrieben. In meinem Testament.«

»Testament?« Frieda hatte ihre Zähne geputzt. Jetzt wurde sie langsam wach. Vor dem Zähneputzen bekam sie keinen Ton heraus. »Du hast ein Testament? Jetzt schon?«

»Ja, klar«, sagte Wilma. Sie stieg in ihre Jeans, fuhr sich mit den Fingern durch das kurze Haar und wühlte in ihrer Reise-

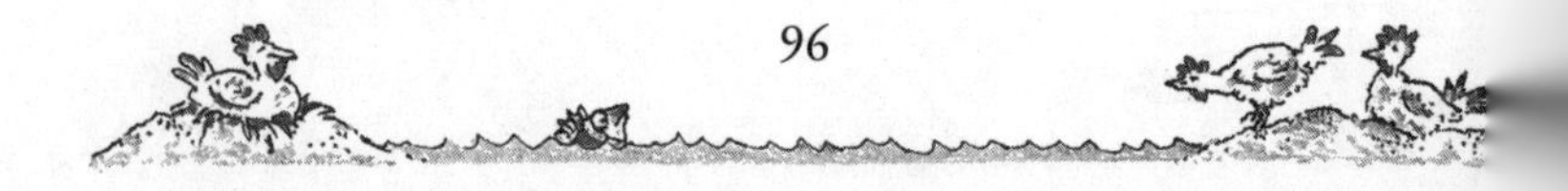

tasche nach dem wärmsten Pullover. »Man weiß schließlich nie. Meine Tante ist mit einundzwanzig gestorben. Das ist schließlich auch nicht so alt, oder? Ich hab aufgeschrieben, wer mein Meerschwein kriegt, damit es nicht ins Tierheim kommt. Meine Bücher und Kassetten hab ich meinem Bruder vererbt, ja, und dann hab ich geschrieben, dass ich überm Meer verstreut werden will.« Sprachlos guckte Trude sie an. Melanie zuckte nur die Achseln. »Die Idee ist eigentlich gar nicht dumm. Vielleicht mach ich so was auch mal.« Sie guckte in ihre Tasche. »Hm, was zieh ich bloß an auf diesem Friedhof?«
Sprotte und Frieda verdrehten die Augen und grinsten sich an.
In dem Moment ging die Zimmertür auf. Mit düsterer Miene kam Nora herein.
»Ich brauch meine Zahnbürste«, sagte sie, ohne jemand anzusehen. »Und 'ne frische Unterhose. Puh!« Sie hielt sich die Nase zu. »Hier stinkt's ja immer noch wie die Pest.«
Feindselig guckte Sprotte sie an. »Na, das haben wir ja wohl dir zu verdanken, oder?«
»Lass sie!« Frieda zog Sprotte zur Seite, ging auf Nora zu und sagte: »Tut uns leid, dass wir dein Kissen vergessen haben. Das war keine Absicht, wirklich nicht.«
Typisch Frieda. Sprotte verdrehte die Augen. Frieda konnte es einfach nicht haben, wenn jemand sauer auf sie war. Oder wenn was Ungerechtes passierte. Frieda fand sehr viele

Dinge ungerecht. Viel mehr als Sprotte. Überrascht guckte Nora Frieda an.
»Ist schon okay«, sagte sie schließlich. »Das mit der Stinkbombe«, verlegen fuhr sie mit dem Finger über ihre Zahnbürste, »das tut mir auch leid. Ich konnte ja nicht ahnen, dass diese Kleinkinder so ein Ding werfen.«
»Oh, so was haben die Pygmäen immer in rauen Mengen«, sagte Melanie. »Stinkbomben, Juckpulver …«
»… Glibber, Gummispinnen, Plastikkotze«, ergänzte Trude. »Steve besorgt alles. Wenn er sich neue Zaubersachen kauft, bringt er immer auch so was mit. Ist 'ne echte Leidenschaft von ihm.«
»Ja, gib ihm bloß nie die Hand«, sagte Melanie. »Manchmal hat er nämlich so ein Klebezeugs, mit dem deine Hand dann erst mal für 'ne halbe Stunde an seiner klebt.«
»Danke für die Warnung.« Nora fischte sich eine Unterhose und zwei Comichefte aus ihrem Rucksack. Einen Moment lang stand sie unschlüssig im Zimmer, dann drehte sie sich um. »Ich geh dann jetzt mal duschen«, sagte sie über die Schulter. »Bis nachher.«
»Bis nachher«, rief Frieda ihr nach.
Als Nora wieder draußen war, guckten die Wilden Hühner sich unbehaglich an.
»Sie ist gar nicht so schlimm, was?«, murmelte Wilma.
»Nee«, Frieda schüttelte den Kopf. »Auf jeden Fall nicht schlimmer als wir.«

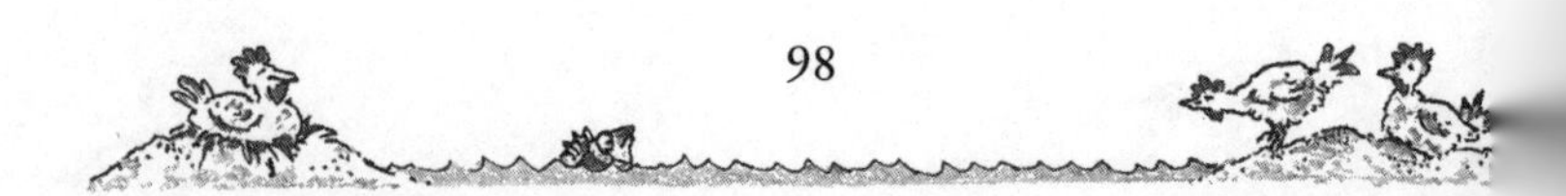

Vor den Pygmäen hatten sie an diesem Morgen erst mal Ruhe. Fred und Willi verrichteten zähneknirschend ihren Küchendienst, während Steve am Frühstückstisch lustlos mit seinen Karten rumfingerte und Torte irgendetwas Schweißtreibendes zu Papier brachte.

Im Bus zogen die Jungs die Wilden Hühner mit dem Stinkbombenzwischenfall auf, aber als Frau Rose ihnen, bevor sie aus dem Bus stiegen, die Wasserpistolen wegnahm, wurde ihre Stimmung merklich gedrückt.

Der Friedhof, den sie besichtigen wollten, lag hinter einer großen alten Backsteinkirche, die, umstanden von hohen Bäumen, genau zwischen den Dörfern errichtet worden war, deren Tote hier begraben waren. Nachdem sie sich die Kirche von innen angesehen hatten, die, wie Melanie feststellte, nicht halb so aufregend war wie der Kölner Dom, gingen sie hinaus auf den Friedhof. Von einem Steinwall umgeben lagen zwischen niedrigen Sträuchern und kurz geschorenem Rasen neue und uralte Gräber. Hier gab es keinen Führer wie Herrn Appelklaas, aber Frau Rose hatte ein kleines Buch über den Friedhof dabei. Sie führte die Klasse über schmale Wege zu den älteren Gräbern. Fast zweihundert Jahre alt waren einige. Die Grabsteine waren über und über bedeckt mit Ornamenten und seltsam verschlungenen Buchstaben. Am Kopf der Steine waren Segelschiffe zu erkennen, Anker, Mühlen oder seltsame Blumenbäume.

»Die Blumen, die ihr da seht«, erklärte Frau Rose, »sind Fa-

milienbäume. Jede Tulpe bedeutet ein männliches Familienmitglied, jede sternförmige Blume ein weibliches. Geknickte Blüten bedeuten, dass jemand aus der Familie vor dem gestorben ist, der hier begraben liegt.«
»Da sind aber ganz schön viele geknickte auf dem da«, sagte Torte.
Sie standen vor einem Grabstein, auf dem oben ein Schiff zwischen riesigen Wellen abgebildet war und daneben ein Familienbaum mit vielen Blüten. Darunter standen in kunstvoll gemeißelten Buchstaben ein Name und ein langer Text.
»Was steht da, Frau Rose?«, fragte Trude. »Können Sie das alles lesen?«
Frau Rose schüttelte den Kopf. »Aber in meinem schlauen Büchlein steht bestimmt was darüber. Moment …«
»He, ihr da. Runter da, aber schnell!« Herr Staubmann scheuchte Titus und Steve von einem großen Doppelgrabstein, auf dem sie es sich mit einer Chipstüte gemütlich gemacht hatten. Hastig sprangen sie runter und trampelten schon über das nächste Grab. Darauf griff Staubmann sich den einen links, den anderen rechts, legte jedem einen Arm um die Schulter und ließ ihnen keine andere Wahl, als Frau Rose zu lauschen. Die hatte inzwischen den passenden Text zu dem Grabstein gefunden, vor dem sie standen.
»Das ist der Grabstein eines Kapitäns«, sagte sie. »Thor Friedrichs hieß er, segelte um die halbe Welt, heiratete vier Mal, wobei er alle Frauen überlebte«, Fred stieß Torte in die

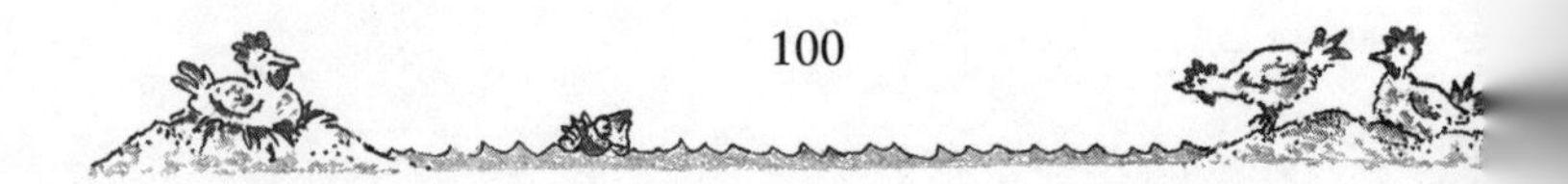

Seite und grinste, »hatte sieben Kinder, von denen nur zwei überlebten, und starb im Alter von einundneunzig Jahren oder, wie hier wörtlich steht«, Frau Rose guckte wieder in ihr Büchlein, »›wagte es endlich, hoffnungsvoll über das schwarze Meer des Todes zu schiffen, und ankerte glücklich im sicheren Hafen der seligen Ewigkeit‹.«
»Das schwarze Meer des Todes«, murmelte Wilma.
»Also, so ein Grabstein würde mir auch gefallen.« Fred klopfte auf den grauen Stein. »Sieht wirklich viel besser aus als diese neumodischen.«
»Ja, aber so ein Leben wünsch ich mir nicht«, sagte Melanie. »Ist doch ganz furchtbar. Fast alle sind vor ihm gestorben. Seine Frauen, seine Kinder. Nee«, sie schüttelte den Kopf. »Da nützt es dir auch nichts, wenn du so alt wirst.«
Frau Rose las ihnen noch viele Lebensläufe vor, von Männern, die ihr Glück in fernen Ländern gemacht hatten, von Frauen, die ihre Männer auf See verloren hatten oder bei der Geburt ihrer Kinder gestorben waren.
»Die Frauen sind aber ganz schön oft jung gestorben«, stellte Melanie fest, während Trude entzückt einem eingemeißelten Engel über die Flügel strich.
»Bei den vielen Kindern kein Wunder«, sagte Sprotte.
»Die Kinder sind auch oft gestorben«, murmelte Frieda. »Traurig, was?«
»Und wo ist der Grabstein vom alten Jap Lornsen?«, fragte Willi. »Wegen dem sind wir doch eigentlich hier, oder?«

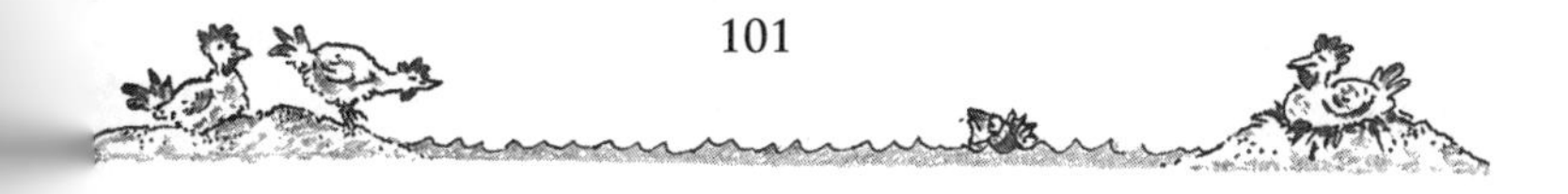

»Das nun gerade nicht.« Herr Staubmann nahm sich eine Zigarette, guckte sie an und steckte sie wieder weg. »Aber wir können ihn ja mal suchen. Sein Grabstein soll ziemlich schief stehen.«
Suchend guckten alle sich um.
»Da«, rief jemand. »Dahinten neben den zwei Grabplatten. Der steht am schiefsten.«
Mit ein paar Sätzen über die Gräber hinweg waren die Pygmäen da. Die Wilden Hühner folgten, als wäre so viel kindische Eile unter ihrer Würde.
»Da ist sein Name!« Aufgeregt legte Steve einen nicht allzu sauberen Finger auf den Grabstein.
»Stimmt!« Herr Staubmann beugte sich vor. »Da ist er. Jap Lornsen. Geboren am 23. Oktober 1740, dem Tod, wie es hier so schön heißt, in die Arme gesunken am 14. September 1795.«
»Morgen vor zweihundert Jahren«, sagte Frieda. »Stimmt!«, hauchte Wilma. »Was das wohl zu bedeuten hat?«
»Was soll das schon bedeuten?« Frau Rose schüttelte den Kopf. »Du meine Güte, ihr seid vielleicht ein abergläubischer Haufen.«
»Lesen Sie doch bitte vor, was da noch steht, ja?« Trude hatte ganz runde Augen vor Erwartung.
»Da steht nicht so viel wie auf den anderen Grabsteinen«, sagte Frau Rose. »Es heißt hier, dass Jap Lornsen ein erfolgreicher Kaufmann und Wohltäter der Armen gewesen ist,

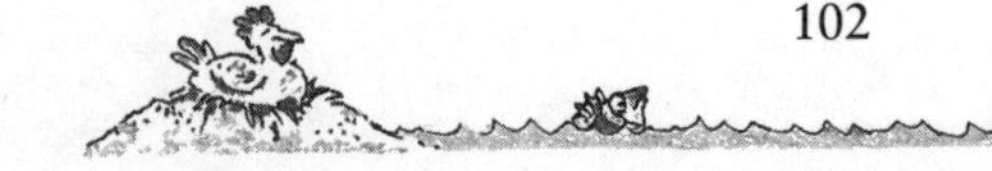

zweimal verheiratet und mit einem Sohn gesegnet, der ihm diesen Grabstein hat errichten lassen.«
»Das ist alles?« Ungläubig guckten die Pygmäen Frau Rose an. »Und was ist mit den erschlagenen Schiffbrüchigen?«
»Gar nichts!« Herr Staubmann holte wieder seine Zigarette raus, aber diesmal zündete er sie an, auch wenn Frau Rose ihm einen missbilligenden Blick zuwarf. »Gar nichts steht da von alldem, und wisst ihr, warum? Weil auch der größte Schurke nicht erträgt, dass man ihn auf seinem Grabstein einen Schurken und Mörder nennt. Außerdem, meint ihr, Lornsens Sohn wollte sich als Sohn eines Mörders verewigt sehen? Also hat er seinem Vater diesen schönen Stein anfertigen lassen. Der Steinmetz schrieb, wofür man ihn bezahlte, und Jap Lornsens Sohn konnte hoffen, dass die Verbrechen seines Vaters schon bald in Vergessenheit geraten würden. Aber«, Herr Staubmann warf seine halb gerauchte Zigarette auf den Boden und trat sie aus, »das hat nicht so ganz geklappt.«
»Warum eigentlich nicht?«, fragte Frau Rose.
Herr Staubmann zuckte die Achseln. »Alte Geschichten, die weitererzählt wurden, ein alter Pastor, der schreiben konnte – und schon wissen die Leute, dass der schöne Grabstein da eine Lüge ist.«
»Puh!« Frau Rose schüttelte sich. »Ich glaube, mir reicht's für heute mit den dunklen Geschichten.« Sie sah zum Himmel. Die Sonne brach durch die Wolken und ließ das Gras

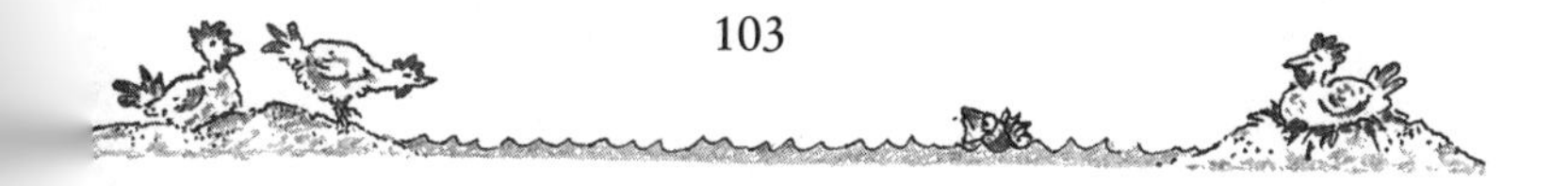

um die grauen Grabsteine herum leuchten. Frau Rose hielt ihr Gesicht in die warmen Strahlen. »Wie sieht's aus?« Sie sah sich unter den Kindern um. »Wollen wir wieder los?«
Keiner war dagegen.
Als sie wieder in den Bus stiegen, drängte Torte sich kurz hinter Frieda und drückte ihr einen gefalteten Zettel in die Hand. Blitzschnell, damit keiner es merkte, aber Sprotte sah es trotzdem.
Melanie hatte ihre Wette gewonnen. Ganz bestimmt.

Das Mittagessen war gut, Spaghetti mit Tomatensoße und immerhin drei Fleischklößchen für jeden. Während alle ihre Nudeln schlürften, überlegte Sprotte, ob sie Frieda nach dem Zettel fragen sollte. Aber sie traute sich nicht. Frieda merkte, dass sie dauernd zu ihr rübersah, lächelte – und gab Sprotte eins von ihren Fleischklößchen ab. Ja, so war sie eben. Dieser Torte hatte sie einfach nicht verdient. Trotzdem fragte Sprotte nicht nach dem Zettel. Das mit dem Babymelder war ihr eine Lehre gewesen.

Als Fred und Willi nach dem Nachtisch die Teller abräumten, wurde Trude zum Telefon gerufen. Die vier anderen warteten auf sie, bis alle Tische abgedeckt waren, aber Trude kam nicht.

»Vielleicht ist sie zum Klo«, sagte Melanie.

Frieda schüttelte den Kopf. »Nee, glaub ich nicht. Da war bestimmt was mit dem Anruf.«

»Ach was, sie ist bestimmt aufs Zimmer gegangen«, meinte Wilma. »Oder?«

»Kommt.« Sprotte sprang auf. »Wir gucken mal nach.«
Herr Staubmann und Frau Rose gingen auch gerade zur Treppe.
»Wissen Sie, wer Trude angerufen hat?«, fragte Melanie Frau Rose.
Überrascht guckte Frau Rose die Mädchen an. »Ihre Mutter. Wieso?« Sie sah sich um. »Wo ist Trude denn?«
»Ach, die wird wohl oben sein«, sagte Melanie.
Schon rannten sie alle die Treppe hinauf. Trude war im Zimmer.
Sie lag auf ihrem Bett und guckte die Wand an. »Trude?« Zögernd ging Sprotte auf das Bett zu und hockte sich daneben. »Was ist los?«
Trude schniefte. »Nichts«, stieß sie hervor. Aber sie drehte sich nicht um.
»Willst du lieber allein sein?«, fragte Frieda besorgt.
Trude nickte.
Unschlüssig richtete Sprotte sich auf.
»Bist du sicher?«, fragte sie leise.
Erst rührte Trude sich nicht, dann schüttelte sie heftig den Kopf. Sie schluchzte. Ganz furchtbar hörte sich das an.
»He!« Melanie setzte sich auf den Bettrand und streichelte ihr die Schulter. »Was ist denn? Erzähl doch. Uns kannst du es doch sagen. Komm schon.«
Da drehte Trude sich um. Ganz verquollene Augen hatte sie.

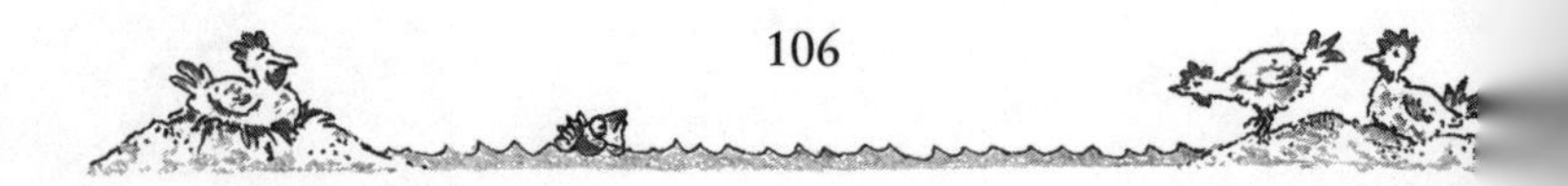

»Ist jemand gestorben?«, flüsterte Wilma besorgt.
Trude schüttelte den Kopf.
»Mein Vater ist ausgezogen«, murmelte sie. »Gestern.« Sie rieb sich die verweinten Augen.
»Mann, das hätte deine Mutter dir auch nach der Klassenreise sagen können«, schimpfte Melanie. »Sie kann sich doch denken, wie du dich jetzt fühlst. Gib mir mal deine Brille, die ist ja ganz beschlagen.«
Trude nahm die Brille ab und gab sie Melanie. »Sie hat furchtbar geschimpft auf ihn«, murmelte sie. »Und dass er bloß nie wieder seinen Kopf durch unsre Tür stecken soll.«
Melanie rieb Trudes Brille an ihrem Rock sauber und setzte sie ihr wieder auf die Nase. »Ach, mach dir nichts draus«, sagte sie. »Er hat sowieso dauernd nur an dir rumgenörgelt.«
»Trotzdem!« Trude schluchzte wieder los.
Da setzte Frieda sich auch zu ihr aufs Bett und nahm sie in den Arm.
»Ich koch mal Tee, ja?«, sagte Sprotte verlegen.
»Gern!« Trude versuchte ein Lächeln, aber das klappte nicht so recht. »Hat jemand von euch ein Taschentuch?«
»Klar!« Hastig zog Wilma ein zerknülltes Stofftaschentuch aus der Hosentasche. »Da, das ist ganz sauber. Sieht nur so dreckig aus.«
»Danke!« Trude putzte sich die Nase. Für ein paar Augenblicke verbarg sie ihr Gesicht hinter dem Taschentuch. »Ich glaub, ich will überhaupt nicht mehr nach Hause«, sagte sie

mit belegter Stimme. »Ich weiß wirklich nicht, was ich da soll. Hier bei euch ist es sowieso viel schöner.«
»Aber zu Hause sind wir doch auch zusammen«, tröstete Frieda sie. »Du weißt doch, wenn wir zurück sind, müssen wir reichlich viel an unserm neuen Bandenversteck bauen. Damit es noch vor dem Winter fertig ist.«
»Stimmt«, murmelte Trude. Sie putzte sich noch mal die Nase.
»Da.« Sprotte drückte ihr einen Becher heißen Tee in die Hand. »Ich hab dir ordentlich viel Honig reingetan.«
»Aber meine Diät«, murmelte Trude.
»Die vergisst du jetzt erst mal«, sagte Melanie. »Los, trink!«
Gehorsam schlürfte Trude den süßen, heißen Tee.
»Will noch jemand einen Becher?«, fragte Sprotte.
»Wenn du schon so fragst! Aber nur, wenn's Hühnertee ist.«
Torte und Steve.
Ausgerechnet jetzt mussten die zwei auftauchen. Grinsend lehnten sie in der offenen Tür. Bei der ganzen Aufregung hatte keins der Mädchen gehört, dass die Tür aufgegangen war. Trude versteckte ihr verheultes Gesicht in Friedas Pullover.
»Wie wär's? Steve sucht noch eine Jungfrau zum Zersägen!«, rief Torte. »Stellt sich eine von euch zur Verfügung? Oder seid ihr keine Jungfrauen?«
Steve zog verlegen den dicken Kopf ein. Er kicherte wie ein Erstklässler.

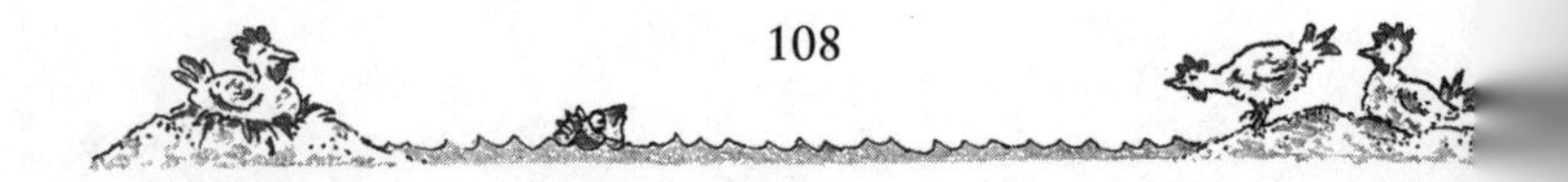

»Lasst uns in Ruhe, ihr Idioten«, sagte Melanie.
»Ja, spielt mit eurem Fußballautomaten!«, rief Wilma.
»Fußballautomat!« Torte bog sich vor Lachen. »Das Ding heißt Kicker, du dummes Huhn. Ach nee, du bist ja gar kein Huhn.«
»Doch, bin ich jetzt wohl!«, sagte Wilma.
»Was?« Stöhnend ließ Torte sich gegen den Türpfosten fallen. »Stevie, hast du das gehört, es gibt jetzt fünf von der Sorte.« Er warf Frieda einen Blick zu, aber die beachtete ihn gar nicht. Sie war viel zu sehr mit der schluchzenden Trude beschäftigt.
»Mann, merkt ihr denn wirklich nicht, dass ihr stört?«, rief Sprotte wütend. »Haut endlich ab.«
»Was ist denn mit ihr?«, fragte Steve.
»Geht dich gar nichts an«, fauchte Sprotte. »Und klopft nächstens gefälligst an, wenn ihr reinwollt, klar?«
»Ach, ihr klopft immer an, was?« Torte guckte wieder zu Frieda rüber.
Aber die runzelte nur die Stirn. »Ihr stört wirklich«, sagte sie. »Okay?«
»Na gut. Schon verstanden.« Beleidigt drehte Torte sich um. »Komm, Steve. Wir machen uns auf Gespenstersuche.«
Wütend knallte Sprotte die Tür hinter den beiden zu. »Und von so was kriegst du Liebeszettel!«, sagte sie zu Frieda. »Nicht zu fassen. Ausgerechnet vom blödsten Kerl, der rumläuft.«

»Hört auf!«, schluchzte Trude. »Jetzt fangt ihr bloß nicht auch noch an zu streiten.«
Sprotte biss sich auf die Lippen. »'tschuldigung«, murmelte sie. »Ist mir ja nur so rausgerutscht.«
»Ich finde, du solltest dich bei Frieda entschuldigen«, sagte Melanie.
»'tschuldigung«, murmelte Sprotte noch mal. Aber sie guckte Frieda nicht an.
»Kann ich doch nichts für, wenn er mir Liebeszettel schreibt!«, rief Frieda. »Außerdem ist er nicht immer so. Das kommt bloß von diesem Bandenkram.«
Zerknirscht guckte Sprotte in ihren Becher. Jetzt war auch noch der Tee kalt geworden.
»Sprotte, Frieda, Wilma!« Melanie winkte die drei zum Fenster. »Wir sollten Trude heute ein bisschen ablenken«, flüsterte sie. »Und ich glaub, ich hab auch schon eine Idee ...«

Die Jungs waren auf ihrem Zimmer, als Sprotte klopfte. Torte machte ihr und Melanie die Tür auf.

»He, Fred!«, rief er. »Guck mal, wer hier ist.«

Fred und Willi lagen im Bett und erholten sich vom Küchendienst.

Überrascht guckten sie die Mädchen an.

»Was soll das denn werden?«, fragte Fred verschlafen. »Wollt ihr uns zum Duell fordern?«

»Sprotte und ich haben euch was vorzuschlagen«, sagte Melanie.

Fred kletterte aus dem Bett und stellte fest, dass er nur seine Unterhose anhatte. Mit knallrotem Kopf stieg er in seine Jeans, fuhr sich durch die zerzausten Haare und kam zu den Mädchen herüber.

»Schießt los, wir hören«, murmelte er.

»Sieht nicht so aus«, stellte Sprotte spöttisch fest.

Torte und Steve stießen sich an, kicherten und tuschelten miteinander.

»He, ihr zwei!«, fuhr Fred sie an. »Seid mal 'n Moment ruhig, ja?«
Was Fred sagte, passierte. So war das bei den Pygmäen. Fred war der Chef. Jungs haben gern einen Chef, sagte Sprotte immer. Bei den Wilden Hühnern gab es so was nicht. Wenn Sprotte was sagte, war meistens mindestens ein Wildes Huhn anderer Meinung. Das war zwar lästig, aber gut so.
»Wir schlagen einen Waffenstillstand vor«, sagte Melanie. »Für circa vierundzwanzig Stunden, Verlängerung eventuell nötig.«
»Wieso?« Willi musterte sie spöttisch. »Habt ihr Angst, dass die Rose euch in verschiedene Zimmer stopft?«
»Quatsch!«, fauchte Sprotte ärgerlich. »Trudes Eltern trennen sich, und sie ist deshalb ziemlich fertig, also wollen wir gleich ein kleines Strandpicknick veranstalten, damit sie auf andere Gedanken kommt. Eure blöden Stinkbombenjuckpulvereinfälle können wir dabei wirklich nicht gebrauchen. Deshalb schlagen wir den Waffenstillstand vor. Was sagt ihr?«
»Kein Problem!«, rief Torte. »Wir haben sowieso schon fast alles aufgebraucht, nicht wahr, Stevie? Unser Zauberer hat nämlich leider nur eine Stinkbombe gekauft.«
Ärgerlich sah Fred sich zu ihm um. »Halt jetzt endlich mal den Mund, ja?«
Er wandte sich wieder den Mädchen zu. »Okay, und was ist mit dem Gespenst?«

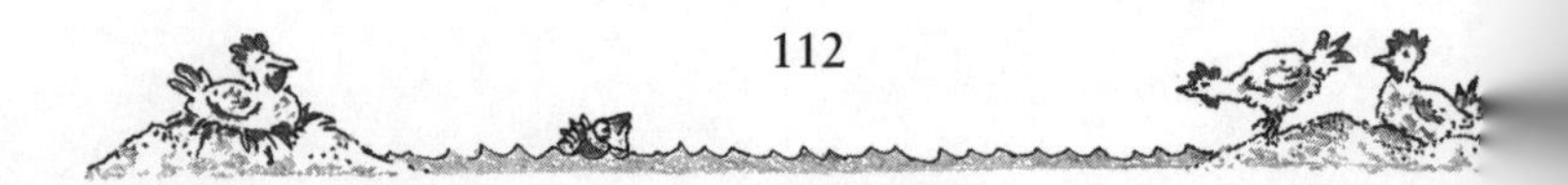

»Morgen ist auch noch ein Tag«, sagte Sprotte. »Im Moment ist Trude wichtiger.«
Fred drehte sich zu den anderen um. »Was sagt ihr?«
»Waffenstillstand«, kiekste Steve. »Und wenn Trude Ablenkung braucht, ich kann ihr auch gern was vorzaubern.«
»Ich werd's ausrichten«, sagte Sprotte und drehte sich um. Da hielt Fred sie am Arm fest.
»Moment«, sagte er. »Wo jetzt Waffenstillstand ist … Wir haben da was Merkwürdiges gefunden.«
Er ging zum Schrank und holte etwas heraus. Friedas Babymelder.
»Habt ihr das zufällig verloren?«, fragte Fred.
Verlegen guckte Sprotte überallhin, bloß nicht in Freds Richtung. »Könnte schon sein«, murmelte sie. »Ich kann das Ding ja mal mitnehmen.«
»Zuerst haben wir gedacht, es ist eine Bombe«, sagte Steve. »Aber dann hat Torte gesagt, er kennt so was. Von seiner kleinen Schwester.«
»Ach ja?« Sprotte guckte Torte an und biss sich auf die Lippen.
»Ich hoffe, ihr habt was Interessantes gehört.« Fred warf Sprotte den Babymelder zu. Er grinste. »Wirklich, manchmal seid ihr echt ganz schön gerissen, ihr Hühner. Schade, dass uns das nicht eingefallen ist.«
»Ja, wer weiß, was für interessante Sachen wir bei euch gehört hätten!«, seufzte Torte.

»Tja, Pech gehabt.« Sprotte zuckte die Achseln. »Dafür fallen euch andere Sachen ein.«
Dann brachten sie und Melanie Frieda ihren Babymelder zurück. Unbeschädigt und ohne Zahlung von Lösegeld. Manchmal waren die Pygmäen wirklich Jungs von der netteren Sorte.
Es war ein wunderbares Picknick.
Da sie nicht allein an den Strand durften, setzte Frau Rose sich etwas entfernt von ihnen mit einem Krimi in den Sand. Staubmann blieb oben auf seinem Zimmer, zum Regenerieren, wie er sagte. Was immer das bedeuten sollte.
Der Himmel war inzwischen fast wolkenlos, aber es blies immer noch ein kräftiger Wind vom Meer landeinwärts. Zweimal wehte er den Mädchen die Chipstüten weg, aber beide Male konnte Wilma sie in einem bravourösen Spurt noch gerade schnappen, bevor sie in der Sandburg der Pygmäen landeten. Wie die Besessenen bauten die Jungs an dem Ding, nachdem sie vorher fast eine Stunde nach Jap Lornsens Sündengeld gesucht hatten. Dabei hatten sie ein paar komische Stofffetzen gefunden, von denen Fred steif und fest behauptete, dass sie von Jap Lornsens Leichengewand stammten. Ganz oben auf der Sandburg klebten die Fetzen jetzt, eingerahmt von Muscheln und Steinen, als ob sie Kronjuwelen oder so was wären. Und hoch über ihnen flatterte an einem Besen, den Torte in der Küche geklaut hatte, die Fußballfahne.

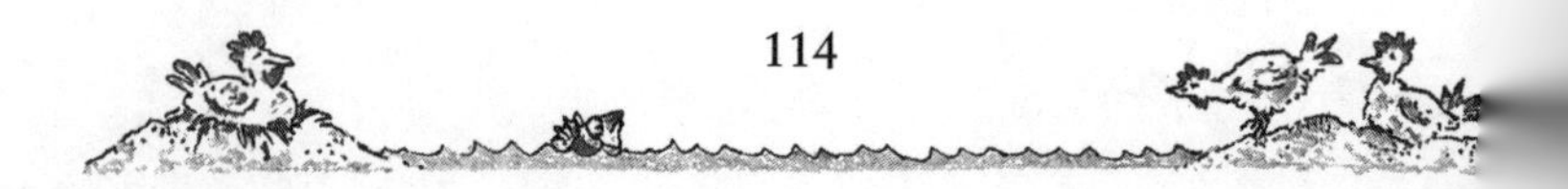

»Toll!« Neidisch guckte Wilma zu dem Prachtwerk hinüber. »So was sollten wir uns auch mal bauen.«
»Ach, nein. Arbeiten, arbeiten!« Seufzend ließ sich Melanie auf den Rücken fallen. »Ich möchte jetzt erst mal gar nichts machen. Keine Strandwanderung, kein Museum besichtigen, keinen Friedhof, keine Gespenstermünzen ausbuddeln, gar nichts.« Sie blinzelte in die Sonne. »Seht euch bloß den Himmel an. Ohne Ende.« Seufzend kreuzte sie die Arme unter dem Kopf. »Kann mir mal jemand die Chipstüte rüberreichen?«
»Das war eine tolle Idee, das mit dem Picknick«, sagte Trude. »Tut wirklich gut, hier einfach so zu sitzen.« Sie guckte aufs Meer hinaus. »Stellt euch mal vor, man würde am Meer wohnen. Muss doch toll sein, oder?«
»Ich weiß nicht.« Sprotte griff in den weichen Sand und ließ ihn durch die Finger rinnen. »Ich glaub, mich würde das ewige Rauschen ganz verrückt machen.«
»Wieso?« Melanie kicherte. »Du bist doch schon verrückt.«
»Ach ja?« Sprotte warf ihr eine Ladung Sand auf den Bauch.
»Iiiih!« Melanie sprang auf und vollführte einen wilden Strandtanz, um den Sand wieder aus den Kleidern zu kriegen. Die Pygmäen klatschten laut Beifall.
»Trude?«, fragte Frieda. »Hast du was dagegen, wenn ich Matilda herhole? Ich meine, es ist dein Picknick, aber …«
»Klar«, sagte Trude. »Hol sie ruhig.«
Sofort sprang Frieda auf und stapfte über den Strand dort-

hin, wo Matilda ganz allein im Sand hockte und ein paar anderen aus der Klasse beim Ballspielen zusah.
Zögernd kam sie mit Frieda herüber.
»Jetzt fehlt nur noch, dass jemand Nora holt«, murmelte Sprotte.
»Ich an deiner Stelle wär mal ganz, ganz still«, sagte Melanie. »Schließlich hast du die Ärmste aus unserm Zimmer gegrault. Ich hab gehört, im Zickenzimmer ist sie ziemlich einsam.«
»Hm«, brummte Sprotte.
Frieda schob Matilda sachte auf den Platz zwischen sich und Trude.
»Hallo!«, sagte Sprotte und versuchte ganz besonders freundlich zu gucken.
»Hallo«, murmelte Matilda. Verlegen sah sie sich um. Melanie hielt ihr eine Chipstüte hin. »Hier, willst du auch?« Matilda griff zu.
»He, wir haben ja Trudes Geschenk fast vergessen!«, rief Wilma.
Verdutzt guckte Trude sie an.
»Hat sie Geburtstag?«, fragte Matilda.
»Nein, aber«, Sprotte zuckte die Achseln, »wir dachten, sie kann es im Moment gut gebrauchen.«
»Wieso?« Besorgt guckte Matilda Trude von der Seite an. Trude räusperte sich. »Meine Eltern haben sich gerade getrennt. Das hier ist mein Tröstepicknick. Von meinen Freun-

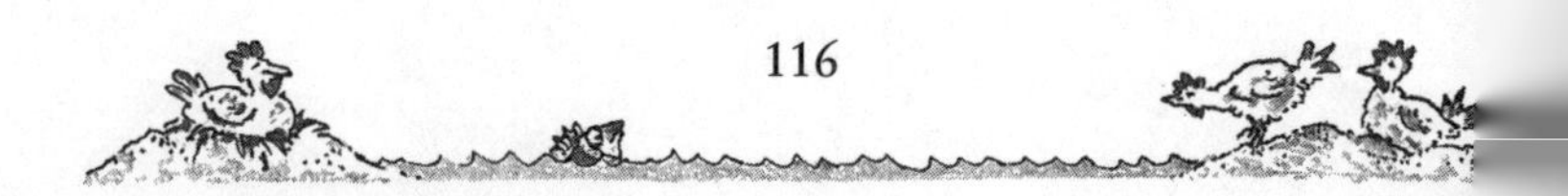

dinnen. Verdammt«, sie rieb sich die Augen, »ich muss immer gleich heulen.«
»Da«, Wilma legte ihr ein kleines Päckchen in den Schoß. »Jetzt pack erst mal aus.«
»Danke, aber vorher …«, Trude gab Melanie ihre Brille, »kannst du die noch mal putzen?«
Melanie machte sich sofort an die Arbeit. Mit ihrem sandigen Rock war das allerdings nicht so einfach.
»Meine Eltern sind auch geschieden«, sagte Matilda. »Aber schon lange.«
»Ach, wirklich?« Trude wandte sich ihr mit einem erleichterten Lächeln zu. Das Mitleid der anderen war ja wirklich eine tröstliche Sache, aber wieder mal war sie die mit dem großen Unglück. Die arme Trude. Da tat es sehr, sehr gut, jemanden zu treffen, dem es auch nicht besser ging.
Matilda zuckte die Achseln. »Gibt jetzt weniger Ärger zu Hause, aber – na ja.« Sie bohrte ihre nackten Zehen in den Sand.
»Hier, Trude, deine Brille«, sagte Melanie.
»Danke«, murmelte Trude. Unbeholfen fummelte sie an der Schleife rum, mit der Wilma ihr Geschenk verschnürt hatte. Endlich schlug sie das Papier auseinander. Ein kleines Kästchen kam zum Vorschein, über und über beklebt mit Muscheln.
»Oh!« Andächtig betrachtete Trude es von allen Seiten. »Ist das schön! Danke. Ich weiß gar nicht …«

»Da kannst du die Münzen vom alten Lornsen reintun«, sagte Sprotte.
»Nee!« Trude schüttelte heftig den Kopf. »Die ganz bestimmt nicht. Ich wünschte, ich hätte die Dinger nie gefunden.«
»Trude hat nämlich drei alte Münzen am Strand gefunden«, erklärte Wilma der etwas ratlos dreinblickenden Matilda. »Sündengeld vom alten Lornsen. Hast du ihn gestern Abend auch gehört?«
»Das komische Lachen meinst du?« Matilda nickte. »Hörte sich an wie ein Lachsack, nicht?«
»Ein was?«, fragte Sprotte.
»Ein Lachsack«, sagte Matilda. »Mein Onkel hat einen. Mit dem hat er uns früher immer erschreckt. Aber jetzt ist er kaputt. Gott sei Dank.«
»Ein Lachsack.« Die Wilden Hühner guckten sich an.
»Gibt's solche Dinger überhaupt noch?«, fragte Melanie. »Meine Mutter hat uns mal von so was erzählt.«
»Da müsstest du Steve fragen«, sagte Frieda. »Der weiß so was.«
Sprotte rieb sich die Nase.
»Aha, Sprotte denkt nach!«, sagte Melanie. »Grabesstille, bitte.«
»Wo sind Trudes Münzen jetzt?«, fragte Sprotte. »Hast du sie eingesteckt, Frieda?«
Frieda schüttelte den Kopf. »Sie müssten noch oben auf dem

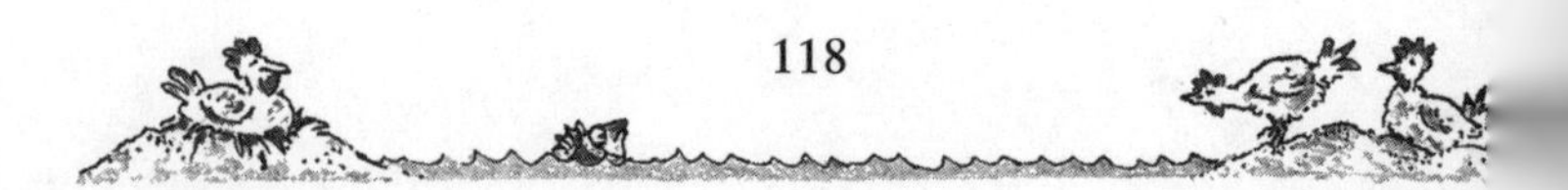

Tisch liegen. Da, wo wir sie uns gestern Abend angeguckt haben.«
Da sprang Sprotte auf und rannte los. Wilma folgte ihr.

Atemlos kamen die zwei oben vorm Zimmer an.
»Meine Sicherung!« Sprotte schnappte nach Luft. »Da, meine Sicherung ist zerrissen.«
An der Tür und am Türrahmen klebten zwei winzige Fetzen Papier.
»Vielleicht ist es ja noch drin!«, hauchte Wilma. Unwillkürlich machte sie zwei Schritte zurück.
»Was für ’n *es*?« Sprotte stieß die Tür auf.
Auf dem Tisch lagen keine Münzen. Sosehr sie auch suchten, auf dem Boden, unter den Stühlen – die Münzen blieben verschwunden. Aber überall auf dem Fußboden war Wasser.
»Als wär einer mit Riesengummistiefeln hier reingelatscht«, flüsterte Wilma.
»Nasse Spuren«, murmelte Sprotte. »Hat der kleine Mann im Museum nicht so was erzählt? Dass dieses Gespenst feuchte Spuren hinterlässt?«
Wilma sah sie mit großen Augen an.
»Genau!«, hauchte sie. »Meinst du, es …?«

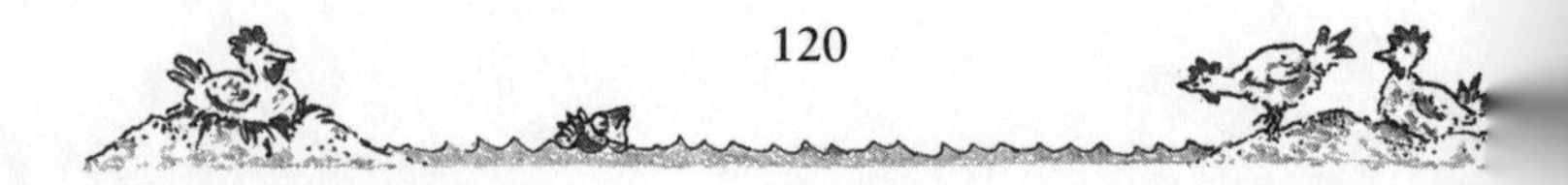

Erschrocken guckte sie sich im Zimmer um.
»Quatsch, hier ist kein Gespenst!«, sagte Sprotte ungeduldig. »Und hier war auch keins. Weil es nämlich keine gibt. Da sind Melanie und ich ausnahmsweise mal einer Meinung. Nee, ich glaube, da will uns einer gewaltig reinlegen. Fragt sich nur, wer.« Sprotte drehte sich zu Wilma um. »Hast du gesehen, ob irgendeiner von den Pygmäen sich zwischendurch mal verdrückt hat?«
Wilma schüttelte den Kopf. »Glaub ich nicht. Die haben alle wie die Verrückten gebuddelt. Die ganze Zeit. Und dann haben sie um ihre Fußballfahne rumgehockt.«
»Hm.« Sprotte rieb sich die Nase. »Die haben also ein Alibi. Aber eigentlich konnten sie's sowieso nicht sein. Dafür sind die viel zu fleißig dabei, nach irgendwelchen Spuren zu suchen. Hm.«
Sprotte zerbiss sich fast die Lippen, so angestrengt dachte sie nach. »Da steckt jemand anders hinter.«
»Und wenn es doch ein Gespenst ist?« Wilma guckte immer noch sehr besorgt auf die großen Fußstapfen.
»Wenn das ein Gespenst ist«, sagte Sprotte, »dann werd ich ein Pygmäe.« Sie zog Wilma aus dem Zimmer und machte die Tür zu. »Gespenster gehen durch die Wand, aber das hier«, Sprotte bückte sich und zog den zerrissenen Papierstreifen ab, »das geht durch die Tür. Wie ein Mensch.«
»Aber die feuchten Spuren«, sagte Wilma. »Guck doch. Die hören einfach auf. Da vor der Wand. Nicht an der Tür! Als

ob es«, sie schluckte und senkte die Stimme, »davongeflogen wäre.«

»Stimmt.« Nachdenklich richtete Sprotte sich auf und guckte den menschenleeren Flur hinunter.

In dem Moment ging Herrn Staubmanns Tür auf.

»Na, sind die andern noch am Strand?«, fragte er. »Wird Zeit, dass wir aufbrechen, oder?«

Für den Nachmittag stand wieder mal eine Wanderung auf dem Programm, zu einem Erdwall, der vor Urzeiten gegen die Wikinger errichtet worden war. Wahrscheinlich ähnlich interessant wie die Hügelgräber.

Sprotte seufzte.

»Ja, die andern sind noch unten.«

»Herr Staubmann!« Wilma beugte sich aufgeregt vor. »Trudes Münzen sind weg! Und alles ist voll nasser Spuren.«

»Nicht möglich!« Herr Staubmann staunte. »Könnte ja wirklich der alte Strandvogt gewesen sein, was? Na, da bin ich ja gespannt, was heute Nacht auf unserer Nachtwanderung noch so alles passiert.«

»Nachtwanderung?«, hauchte Wilma. »Ach ja, die Nachtwanderung.«

»Wer weiß«, Herr Staubmann ging mit den beiden Mädchen auf die Treppe zu. »Vielleicht bekommen wir den guten alten Jap Lornsen dann ja endlich mal leibhaftig zu Gesicht. Oder das, was von ihm übrig ist.«

»Was von ihm übrig ist?« Wilma drehte hektisch an ihren

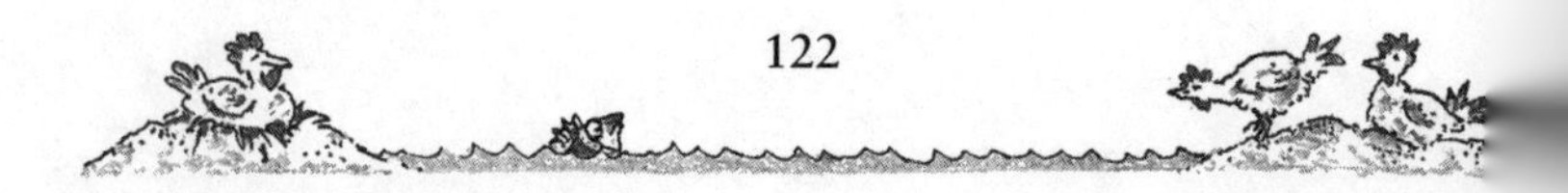

Haaren herum. »Sie meinen, er ist schon nicht mehr – nicht mehr ganz?«
Herr Staubmann hob die Augenbrauen. »Keine Ahnung. Ich kenne mich mit Gespenstern nicht so aus. Wie sieht's aus?« Fragend guckte er Sprotte an. »Erzählt ihr der Konkurrenz von den neuesten Vorfällen?«
»Den Pygmäen? Nein, wieso?«
»Aha. Na dann«, Herr Staubmann sah sich um, »dann werde ich jetzt mal Frau Rose suchen. Macht's gut, ihr beiden. Wir sehen uns.«
»Ja«, murmelte Sprotte.
Sie rieb sich noch mal die Nase. Ganz ausführlich.
»Dass aber auch ausgerechnet heute diese Nachtwanderung sein muss«, sagte Wilma. »Ein bisschen gruselig ist mir jetzt schon. Dir auch?«
Sprotte schüttelte den Kopf.
»Glaubst du nicht, dass das Gespenst heute Nacht kommt?«, fragte Wilma.
»Nee, glaub ich nicht«, antwortete Sprotte. »Zumindest kein echtes. Aber irgendwas passiert bestimmt.«
Das fand Wilma nicht sehr tröstlich.

Der Wikingerwall war wirklich nicht besonders interessant. Herr Staubmann erzählte zwar wieder ein paar eindrucksvolle Geschichten über Wikinger und andere Räuber, aber trotzdem waren alle froh, als sie wieder im Landschulheim waren. Nach dem Abendbrot, als Fred und Willi mit ihrem Küchendienst fertig waren, gingen die Pygmäen Tischtennis spielen. Die Wilden Hühner beschlossen mitzumachen. Tischtennis war der einzige Sport, den Trude mochte, und bis zur Nachtwanderung hatten sie noch viel Zeit totzuschlagen, Zeit, in der Trude schnell wieder auf dunkle Gedanken kommen konnte. Also spielten sie zwei Stunden lang Tischtennis mit Umlaufen, bis die T-Shirts ihnen am Körper klebten und die Hälfte ihres Taschengeldes im Getränkeautomaten steckte. Sie hatten eine Menge Spaß.
Nur Wilma hockte missmutig auf der Fensterbank, weil sie nicht Tischtennis spielen konnte. Sie zog ihnen am Getränkeautomaten eine Cola nach der anderen und fragte dauernd nach der Uhrzeit. Melanie schwor bei ihren grünen

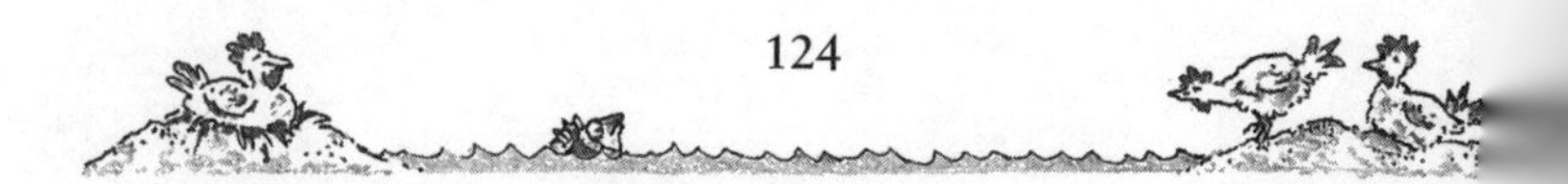

Fingernägeln, ihr zu Hause erst mal Tischtennis beizubringen.
Um neun wurde der Tischtennisraum zu Wilmas großer Erleichterung abgeschlossen, gerade als die Pygmäen dank Stevies Künsten zehn zu neun führten. Frau Rose schickte alle auf die Zimmer mit der Anweisung, sich um Punkt elf warm angezogen, mit funktionierenden Taschenlampen in der Eingangshalle einzufinden.
»Um elf? Wieso denn erst um elf?«, fragte Wilma beunruhigt. »Da – da sind wir ja noch um Mitternacht draußen.«
»Ach, hast du Angst vor dem Gespenst?« Mit erhobenen Armen wankte Willi auf Wilma zu. »Uüüch bün döhör Strandvoooogt! Baahhh!«
»Lass das!« Ärgerlich schubste Sprotte ihn zurück.
»Ich hab überhaupt keine Angst!«, rief Wilma.
Hatte sie doch. Jeder konnte das sehen. Käseweiß war sie, als wäre sie selbst das Gespenst.
»Ja, ja, komm«, Melanie zog sie am Arm hinter sich her die Treppe rauf.
»Aber ich hab keine Angst!«, rief Wilma. »Ehrlich nicht.«
»Jeder hat ein bisschen Angst bei einer Nachtwanderung«, sagte Sprotte und schob sie ins Zimmer.
»Genau.« Melanie knipste das Licht an. »Das ist doch der Sinn von einer Nachtwanderung. Dass man sich ein bisschen gruselt.«
Wilma guckte sie beunruhigt an.

»Ich war erst ein Mal auf einer Nachtwanderung«, erzählte Trude. »Im Ferienlager. Grässlich! In die Hosen hab ich mir fast gemacht vor Angst.« Sie setzte sich auf ihr Bett, griff unters Kissen und zog das Muschelkästchen hervor, das die anderen ihr geschenkt hatten. Sorgfältig legte sie ein Tütchen Zucker aus dem Hafencafé, ihre Eintrittskarte fürs Museum und einen Strandkiesel hinein.
»Na, Gebüsch gibt's am Strand ja nicht«, meinte Melanie. Gähnend zog sie ihren Pullover aus und wühlte in ihrer Tasche herum. »Was zieh ich denn bloß jetzt wieder an?«
»Was Helles«, sagte Sprotte. »Damit wir uns gut erkennen können.«
In dem Moment kam Nora mit zwei Mädchen aus dem Zickenzimmer rein. Die drei hatten in der Mittagspause ihre gemeinsame Leidenschaft für Patiencen entdeckt.
»Hallo, Melanie«, flötete die eine. »Weißt du schon, was du morgen zur Abschluss-Disco anziehst?«
»Klar«, antwortete Melanie. »Aber ich werd's dir bestimmt nicht auf die Nase binden.«
Die andere zuckte nur gleichgültig die Schultern.
»Ich fass es nicht!«, stöhnte Sprotte. »Mensch, ihr habt vielleicht Sorgen.«
»Na, aber du!«, sagte Nora. »Ich hab gehört, ihr und die Pygmäen jagt ein Gespenst mit nassen Füßen.«
Die beiden aus dem Zickenzimmer kicherten so sehr, dass sie kaum auf Noras Bett raufkamen.

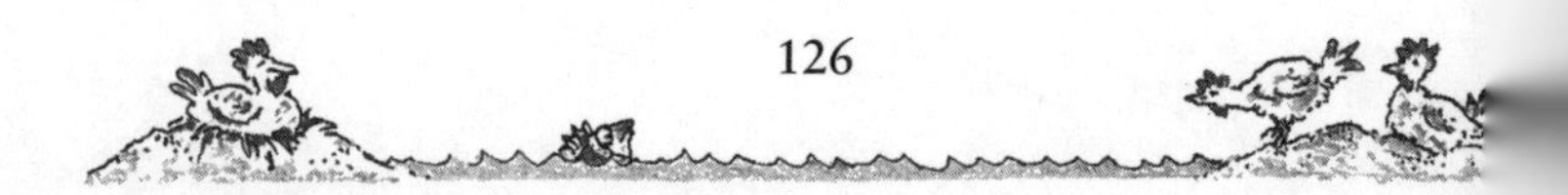

»Quatsch!«, knurrte Sprotte. »Wir jagen den, der so tut, als ob er ein Gespenst ist.«
»Oje, das ist mir zu kompliziert.« Nora hockte sich im Schneidersitz zu den zwei anderen und mischte einen Stapel winziger Spielkarten.
»Sprotte«, flüsterte Trude. »Wenn es wirklich kein Gespenst ist …«
»Es ist keins«, sagte Melanie ungeduldig. »Darauf kannst du Gift nehmen. Wie der alte Lornsen.«
Sie streifte sich ein schwarzes Strickkleid über den Kopf.
»Ich hab doch *hell* gesagt!«, protestierte Sprotte.
»Mir ist aber jetzt nach Schwarz«, antwortete Melanie schnippisch und bürstete ihre Locken. »Außerdem ist es das Wärmste, was ich mithab.«
»Jetzt hört doch mal zu!«, flehte Trude. »Wenn es kein Gespenst ist, vielleicht, vielleicht …«, sie biss sich auf die Lippen, »vielleicht ist das noch gefährlicher. Vielleicht ist es ja ein echter Verbrecher.«
»O Gott!« Erschrocken presste Wilma die Hände vor den Mund.
»Ja, einer, der ein paar olle Münzen klaut«, spottete Sprotte. »Nee, nee, da steckt was anderes hinter.«
»Vielleicht waren die Münzen ja unheimlich wertvoll!«, sagte Wilma. »Wie 'ne seltene Briefmarke oder so.«
»Na, dann hat er sie ja jetzt zurück«, stellte Frieda trocken fest. »Und die Gespensterspielerei hat ein Ende. Hört jetzt

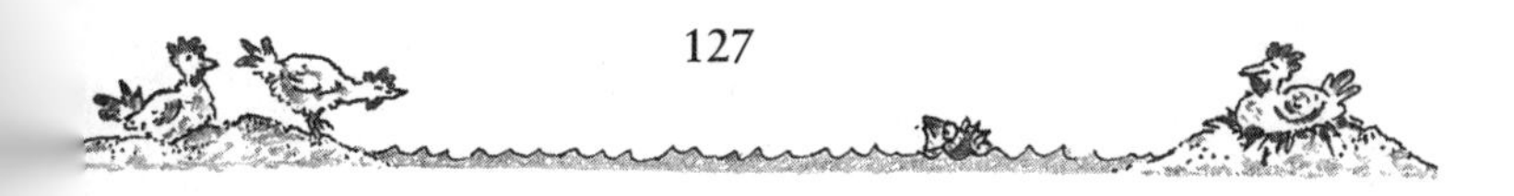

auf, euch verrückt zu machen, ja? Es ist wunderschön nachts am Meer, wirklich. Ich bin mit meinen Eltern schon oft spätabends am Strand spazieren gegangen. Ganz friedlich ist das. Man hört nur seine Schritte im Sand knirschen und das Rauschen der Wellen.« Sie seufzte. »Wunderbar. Jeden Abend könnte ich das machen.«
»Oje, eine Romantikerin!«, stöhnte Nora auf ihrem Bett. Wilma und Trude guckten Frieda nur zweifelnd an.

Es war windig, als sie nach draußen traten. Die Nacht war stockdunkel. Nur für Sekunden tauchte der Mond zwischen den rasch dahinziehenden Wolken auf.
Mit viel Lärm und Gekicher folgte die ganze Klasse Herrn Staubmann und Frau Rose ans Meer hinunter. Von knirschenden Schritten im Sand und Meeresrauschen, wie Frieda es so schön beschrieben hatte, war nichts zu hören.
»He, Mädels!«, rief Fred. Als Sprotte sich umdrehte, guckte sie genau in seine Taschenlampe. Die Pygmäen trotteten nur einen Meter hinter ihnen durch die Dunkelheit. »Bei dem Wetter braucht ihr nun wirklich keine Angst vor Gespenstern zu haben. Der Wind reißt die Flattermänner doch glatt in Fetzen!«
Die Pygmäen erstickten fast an ihrem eigenen Lachen. Nur Steve guckte sich dauernd leicht beunruhigt um. Aber gegen die Dunkelheit konnten ihre Taschenlampen nichts ausrichten.
»Also, heute«, Torte senkte die Stimme, »heute ist der To-

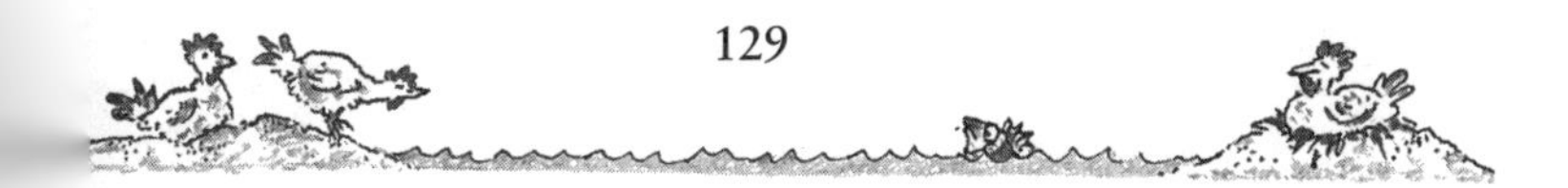

destag des scheußlichen Jap Lornsen! Da wird er sich wohl wieder ein armes Opfer hoooolen!«
»Hör auf!«, rief Trude. »Ich find das gar nicht lustig.«
»Lass das, Torte«, sagte Willi. »Hühner haben Angst vor Gespenstern.«
»Ja, dann legen sie keine Eier!«, kreischte Steve.
Wütend drehte Sprotte sich um. »Also so haltet ihr euer Ehrenwort, was?«
»Was für 'n Ehrenwort?«, fragte Trude erstaunt.
»Ach, nichts«, sagte Sprotte.
»Schon gut, schon gut.« Fred schob die andern zurück. »Waren ja nur ein paar kleine Scherze. Wir dachten, ihr freut euch über unsere Gesellschaft.«
»Wir dachten, ihr fürchtet euch sonst im Dunkeln«, fügte Torte mit breitem Grinsen hinzu.
Aber Frieda warf ihm einen so ärgerlichen Blick zu, dass sein Grinsen im nächsten Moment wie ausgeknipst war.
»Also, dass das mal klar ist«, sagte Melanie, »wenn ich hier schon im Dunkeln durch den Sand latsche, dann will ich mir in Ruhe die Sterne angucken, das Meer rauschen hören und mich ein bisschen romantisch fühlen, ja? Mit eurem ständigen Kleinkindergequatsche in den Ohren geht das aber nicht.«
»Oh, Melanie!« Fred ließ sich auf ein Knie fallen und presste die Hände dorthin, wo er sein Herz vermutete. »Wir sind romantisch. Wirklich.«

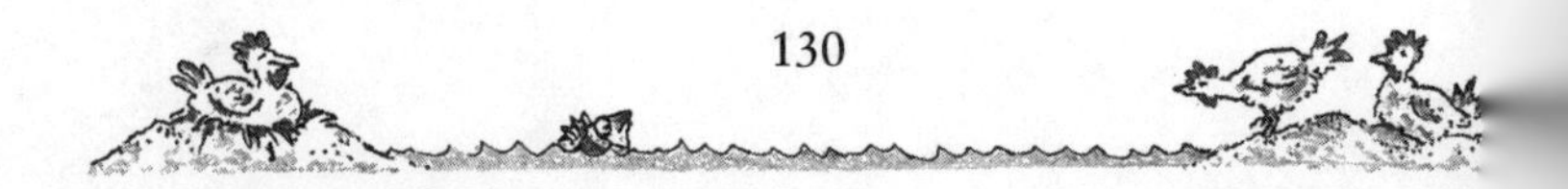

»Ja, wir lieben die Sterne und all das«, kiekste Steve. »Ganz ehrlich.«
Melanie schüttelte den Kopf, aber lachen musste sie trotzdem.
Sehr zu Sprottes Ärger. »Oh, komm«, sagte sie. »Vergiss die Idioten einfach, ja?«
»Schon klar!« Fred machte eine spöttische Verbeugung. »Sprotte hat nichts übrig für Romantik. Wir verschwinden.«
»Aber nicht dass ihr nach uns ruft, wenn das Gespenst kommt«, sagte Willi.
Dann rannten die vier an der langen Reihe dahinstapfender Kinder vorbei und verschwanden irgendwo in der Dunkelheit.
Melanie kicherte immer noch. »Irgendwie sind sie ja auch niedlich, oder?«, sagte sie.
»Findest du?«, brummte Sprotte.
»Ach, komm«, Frieda stieß sie sanft in die Seite. »Sie haben doch wirklich nur Spaß gemacht.«
Der Lärm hatte sich gelegt. Die meisten liefen schweigend oder flüsternd nebeneinanderher, leuchteten mit ihren Taschenlampen mal auf ihre Füße, mal aufs Meer, wo sich die blassen Lichtfinger sofort in den dunklen Wellen verloren. Auch die Wilden Hühner gingen wortlos nebeneinanderher, Sprotte eingehakt bei Frieda, Melanie bei Trude und Wilma. Der Nachthimmel war endlos weit, und der Wind fegte immer mehr Wolken vom Himmel, bis er mit Sternen

bedeckt war. Irgendwann stand plötzlich Herr Staubmann vor ihnen, in der Hand eine Plastiktüte. »Ich sammle die Taschenlampen ein«, sagte er.
»Wozu das denn?« Trude versteckte ihre unwillkürlich hinter dem Rücken.
»Damit ihr die Nacht mal ohne künstliches Licht erlebt«, antwortete Staubmann. »Zumindest sag ich das euch als Begründung. Den Jungs habe ich gesagt, es ist eine Mutprobe. Sucht euch die Version aus, die euch besser gefällt. Und wer die Lampe gar nicht abgeben möchte«, er guckte Trude an, »der kann sie selbstverständlich behalten.«
Trude biss sich auf die Lippen, guckte erst Melanie, dann Sprotte an – und warf ihre Lampe in den Beutel. Aber sie klemmte ihren Arm noch ein bisschen fester unter den von Melanie.
»Viel Spaß noch«, sagte Herr Staubmann. »Wir gehen bis zu der hohen Düne da. Ihr erkennt sie sogar im Dunkeln. Von dort folgen wir dem Bohlenweg, der uns hoffentlich sicher zum Heim zurückgeleitet. In Ordnung? Ich sichere jetzt das Ende der Karawane.«
Damit ging er weiter nach hinten.
Sprotte drehte sich um. Hinter ihnen kamen nur noch Nora und die zwei anderen Kartenlegerinnen.
»Wo ist denn eigentlich Matilda?«, fragte Sprotte Frieda.
»Die ist vorn bei Frau Rose.« Frieda senkte die Stimme. »Weißt du was? Sie und Trude haben sich beim Abendbrot

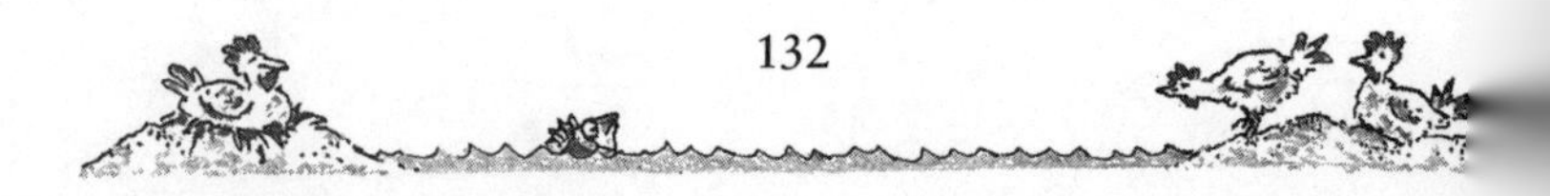

die ganze Zeit über Eltern und Scheidung und all so was unterhalten. Ich glaub, es tut Trude gut, dass Matilda den gleichen Kummer hat. Die anderen in der Klasse, von denen die Eltern sich getrennt haben, sind schließlich alle Jungs.«
»Hm«, murmelte Sprotte.
Viele in der Klasse hatten Eltern, die geschieden waren oder sich getrennt hatten. Aber Sprotte war die Einzige, die ihren Vater nicht mal kannte. Ein komisches Gefühl war das, aber was half es schon, darüber nachzudenken?
»Sprotte!«, flüsterte Wilma plötzlich neben ihr.
»Was ist?«
»Habt ihr das auch gehört?«
»Was?« Sprotte und Frieda blieben stehen und lauschten. Wilma war nicht die Einzige, die etwas gehört hatte. Die ganze Klasse war stehen geblieben und horchte.
»Das ist nur der Wind!«, sagte Melanie.
»Was soll das denn für ein Wind sein?«, fragte Trude ängstlich.
Man hörte ein Heulen, ein hohles Jammern. Immer lauter klang es über den Strand.
»Das Gespenst!«, hörten sie Steve rufen. »Hilfe, Frau Rose, da ist das Gespenst!«
Sprotte sah ein paar dunkle Gestalten losrennen. Das war bestimmt Fred, wahrscheinlich mit Willi. Einer der beiden hatte noch seine Taschenlampe. Solche Schufte!
»Es kommt von da vorne!«, rief Melanie. »Von der Düne.«

Sprotte lief los. In der Dunkelheit stolperte sie fast über die eigenen Füße. Aber sie musste wissen, wer sie da, verdammt noch mal, an der Nase rumführte. Und was Fred sich traute, traute sie sich schon lange. Der nasse Sand saugte an ihren Sohlen und machte das Rennen sehr mühsam. Dann merkte sie, dass die anderen ihr folgten – alle Wilden Hühner.
»Da!«, rief Wilma. »Da, Sprotte, ich hab noch meine Taschenlampe!« Erleichtert griff Sprotte danach und ließ den Lichtkegel vorauswandern. Das Geheul und Gejammer wurde immer lauter. Aber außer den rennenden Pygmäen vor ihnen war nichts in der Dunkelheit zu sehen. Doch. Staubmann hastete auch auf die unheimlichen Geräusche zu. Er kam schneller voran als die Mädchen. Bald hatte er sogar die Pygmäen erreicht.
»Mensch, hättet ihr gedacht, dass der so rennen kann?«, japste Melanie.
Keuchend kämpften sie sich die Düne hoch. Oben blieben sie stehen. Nur ein paar Meter weiter standen die Pygmäen. Die gespenstischen Geräusche kamen irgendwo von unten, aus der Dunkelheit zwischen den Dünen. Beide, Fred und Sprotte, richteten ihre Taschenlampen dorthin, aber außer Sand und Strandhafer war nichts zu sehen.
Trotzdem wurde das Heulen immer lauter.
»Es klingt so grässlich!«, stöhnte Trude.
Wilma guckte die andern ängstlich an. »Da runter möchte ich eigentlich nicht«, sagte sie.

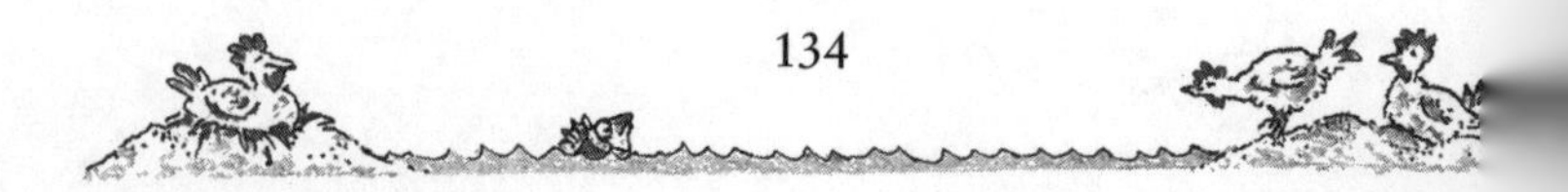

Die Pygmäen schienen auch noch zu zögern.
Nur Herr Staubmann nicht. Etwas ungeschickt, mit wehendem Mantel rutschte er den sandigen Hang hinunter.
»Was macht der denn?«, rief Trude entsetzt.
»Gleich springt das Gespenst aus dem Sand und zieht ihn runter!«, flüsterte Wilma. »Wie im Treibsand. So was hab ich mal im Fernsehen gesehen.«
Atemlos starrten sie nach unten.
»Es ist weg!«, rief Melanie plötzlich. »Hört ihr? Es ist weg.«
Die andern vier lauschten.
Tatsächlich. Nur der Wind war noch zu hören, der Wind und das Meer.
»Was ist da vorne denn los?«, hörten sie Frau Rose rufen. Sie war bei dem Rest der Klasse geblieben. Bis auf die Wilden Hühner und die Pygmäen hatten sich nur noch vier andere Kinder an der Gespenstersuche beteiligt. »Alles in Ordnung!«, rief Staubmann von unten. »Hier ist nichts. Absolut nichts außer ein paar leeren Zigarettenschachteln.«
Kurz entschlossen stopfte Sprotte die Taschenlampe in die Jackentasche und rutschte die Düne hinunter, dorthin, wo Staubmann stand. Die anderen folgten ihr. Hühner und Pygmäen. Unten guckten sie sich ratlos um.
»Nichts!«, sagte Fred und trat ärgerlich in den Sand. »Hier ist nichts. Das gibt's doch nicht.«
Er guckte zu Sprotte rüber. »Habt ihr jemanden wegrennen sehen?«

Sprotte schüttelte den Kopf.
»Aber man hätte doch jemanden sehen müssen!« Torte klang beunruhigt. So kannte Sprotte ihn gar nicht.
»Ja, wirklich sehr seltsam«, sagte Herr Staubmann. »Selbst wenn wir uns Melanies Theorie anschließen, dass wir es hier mit einem Touristenköder zu tun haben, dann müssten wir dem Köderleger doch eigentlich nahe genug gekommen sein, um ihn zu sehen.« Nachdenklich sah er sich um. »Schließlich haben wir alle das Geheule sehr, sehr deutlich gehört, nicht wahr?«
»Allerdings!« Willi nickte mit düsterer Miene. »Ich hab 'ne echte Gänsehaut gekriegt. Dachte, dieser Lornsen packt mich gleich mit seinen Schimmelfingern.«
Die andern schwiegen betreten.
»Vielleicht ist es einfach in der Düne verschwunden«, sagte Wilma mit bebender Stimme. »Gespenster können so was.«
»Quatsch!« Sprotte schüttelte entschieden den Kopf. »Da sitzt jetzt jemand in der Dunkelheit und lacht sich über uns kaputt. Jede Wette.«
»Meinst du?« Trude drängte sich ganz dicht an sie und fasste ihre Hand.
»Sprotte hat ausnahmsweise mal recht«, sagte Fred. »Irgendjemand führt uns hier mörderisch vor.«
»Na, wenigstens können wir sagen, dass das keine langweilige Klassenfahrt war«, seufzte Melanie.
»Stimmt«, Steve kicherte nervös. »Volles Programm.«

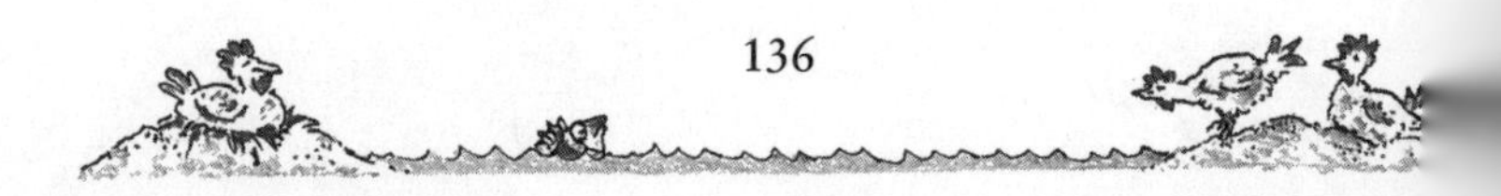

»Kommt.« Herr Staubmann stieg ungelenk die Düne wieder hinauf. »Wir sollten zu den anderen zurückgehen. Oder wollt ihr noch ein bisschen hier im Dunkeln herumstöbern?«
Fred schüttelte den Kopf. »Nee, ich wüsste nicht, wieso. Wenn's doch ein Gespenst war, finden wir es sowieso nicht. Und wenn's ein Mensch ist, steckt er ja wohl kaum da in der Düne wie 'ne Stecknadel im Heuhaufen.«
»Vollkommen logisch!«, pflichtete Herr Staubmann ihm bei. »Also finden wir uns für heute Nacht damit ab, dass wir das Geheimnis des Schullandheimgespenstes nicht lösen können. Kommt ihr?«
In dieser Nacht bekam Sprotte kein Auge zu. Immer wieder versuchte sie einen Zusammenhang zu finden, irgendeinen roten Faden zwischen den verschiedenen Ereignissen – dem düsteren Lachen in der Nacht, dann dem Münzraub, den feuchten Spuren, die an der Wand endeten, und schließlich dem scheußlichen Geheule in den Dünen.
Draußen färbte sich ein schmaler Streifen über dem Meer rot, als Sprotte plötzlich ein Gedanke kam. Ein verrückter Gedanke …
Sie konnte nicht ahnen, dass Fred fast zur selben Zeit auf die gleiche Idee gekommen war.

Am nächsten Morgen war das Wetter wunderschön. An ihrem letzten Tag auf der Insel schien die Sonne, das Meer war zum ersten Mal richtig blau, und selbst Sprotte bekam Lust, mit nackten Beinen durch die Wellen zu waten. Die Insel wollte ihnen den Abschied wohl schwer machen.

Besonders Trude saß mit bedrücktem Gesicht am Fenster.

»Es ist aber auch wirklich zu schön hier«, murmelte sie. »Ich darf gar nicht dran denken, dass wir morgen schon abfahren.«

»Dann tu es doch nicht!« Melanie setzte ihre Sonnenbrille auf und klemmte sich zwei Plastikmickymäuse an die Ohren. »Denk nicht dran. Ganz einfach.«

Trude fand das überhaupt nicht einfach.

»Steht dein Kleid eigentlich im Guinnessbuch?«, fragte Sprotte. »Als das kürzeste Kleid der Welt und aller Zeiten?«

»Hahaha!« Melanie rückte ihre Ohrringe zurecht. »Hat eben nicht jeder Lust, immer in derselben Hose rumzulaufen.«

»Ach, kommt«, Frieda schob die beiden zur Tür. »Fangt nicht

wieder mit dem Thema an. Wir kommen sowieso schon zu spät zum Frühstück.«
Ausgerechnet der Tisch neben den Pygmäen war noch frei. Die Jungs machten so düstere Gesichter, dass man denken konnte, sie hätten Prielwürmer zum Frühstück bekommen. Als die Mädchen sich setzten, hoben sie nicht mal die Köpfe.
»Was ist denn mit denen los?«, flüsterte Frieda.
»Guten Morgen allerseits.« Frau Rose stand auf und klatschte in die Hände. »Etwas mehr Ruhe bitte, ja?« Heute hatte sie rosa Lippen, wie immer bei schönem Wetter. »Wo wir nun vollzählig sind«, sie warf einen Seitenblick auf die Hühner, »wo wir nun endlich vollzählig sind, will ich kurz etwas zum heutigen Programm sagen.«
»Programm!« Melanie verdrehte die Augen. »Bitte nicht schon wieder eine Wanderung.«
»Ursprünglich«, fuhr Frau Rose fort, »wollten wir uns heute die Seevogelschutzstation ansehen, aber wie ich gerade erfahren habe, ist sie ausgerechnet heute wegen Krankheit geschlossen. Der Aspekt der Umweltzerstörung hier auf den Inseln wird also leider etwas kurz kommen, aber«, sie lächelte Herrn Staubmann zu, »das kann ja im Unterricht nachgeholt werden.«
»Haha! Wahrscheinlich wissen wir mehr über Umweltverschmutzung als er!«, rief Fred ärgerlich. »Immer sollen wir uns so was anhören. Ich hab noch keinen Seevogel verölt. Ich sammel jedes Stück Papier und jede Glasscherbe, und

was machen meine Eltern? Werfen alles in die gelben Säcke. Plumps, rein, alles schön sauber.«
»Ab mit dem Müllschiff nach Timbuktu!«, rief Torte.
Herr Staubmann grinste nur. »Oh, ich sehe, ihr seid tadellos im Bilde. Da kann man sich ja jetzt schon auf eure Arbeiten freuen.«
Die Gesichter der Pygmäen wurden noch finsterer.
»Also, noch einmal zurück zu unserem Programm«, fing Frau Rose wieder an. »Ach was, ich mach es jetzt kurz: Wir haben uns gedacht, ihr könnt an eurem letzten Tag auch ganz gut ohne Programm auskommen. Der Tag gehört euch. Einzige Auflage: Bitte hier am Strand bleiben, keine weiteren Ausflüge, ohne Bescheid zu sagen – und«, sie hob den Finger, »Herr Staubmann und ich würden euch gern heute Nachmittag um drei zum Grillen am Strand einladen. Heute Abend, das wisst ihr ja schon, gibt es dann eine Abschlussdisco von acht bis zehn.«
»Wunderbar. Kein Programm!« Melanie klatschte in die Hände. »Da komm ich ja doch noch dazu, meinen neuen Bikini einzuweihen! Wie sieht's aus, Hühnerschwestern, wollen wir die Jungs ein bisschen nass spritzen?«
»Die nass spritzen?«, sagte Sprotte. »Die sehen doch sowieso schon aus wie begossene Pudel.«
Lustlos hingen die Pygmäen auf ihren Stühlen. Steve führte irgendeinen Trick vor, aber das konnte die Stimmung auch nicht heben.

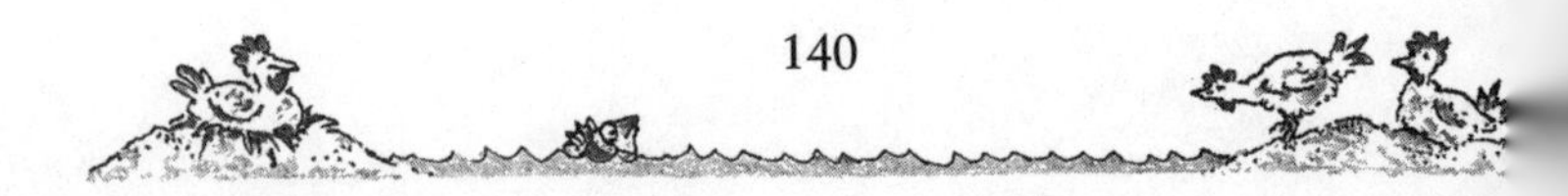

»Was ist bloß los mit denen?« Wilma schüttelte den Kopf. Melanie kniff die Augen zusammen. »Moment mal, was ist heute für ein Wochentag?«
Erstaunt sah Frieda sie an. »Samstag, wieso?«
»Natürlich! Ach Gott, die Ärmsten!« Schadenfroh grinste Melanie zu den Jungs hinüber.
»Also, ich versteh kein Wort«, sagte Sprotte. »Redest du jetzt neuerdings in Rätseln?«
»Tja, ihr kennt euch mit Jungs wirklich nicht aus!« Melanie beugte sich über den Tisch und senkte die Stimme. »Samstagnachmittags gibt es im Radio Fußballbundesliga live. Hör ich mir auch manchmal an. Ist richtig spannend. Ich wette, die Jungs haben das noch nicht einen Samstag verpasst. Und ausgerechnet heute spielt auch noch der BVB gegen die Bayern. Versteht ihr?«
»Nee«, sagte Sprotte.
Melanie verdrehte die Augen. »Der BVB ist der Lieblingsverein der Pygmäen, und die Bayern«, sie zuckte die Schultern, »na ja, die Bayern sind die Bayern. Das kann ich euch nun wirklich nicht erklären. Auf jeden Fall, heute ist dieses Spiel, und was durften wir alle nicht mit auf die Insel bringen?«
»Radios«, sagte Trude.
»Ach, du meine Güte!« Sprotte schüttelte spöttisch den Kopf. »Deswegen gucken die so?«
Melanie nickte. »Jede Wette. Passt auf, ich beweis es euch.

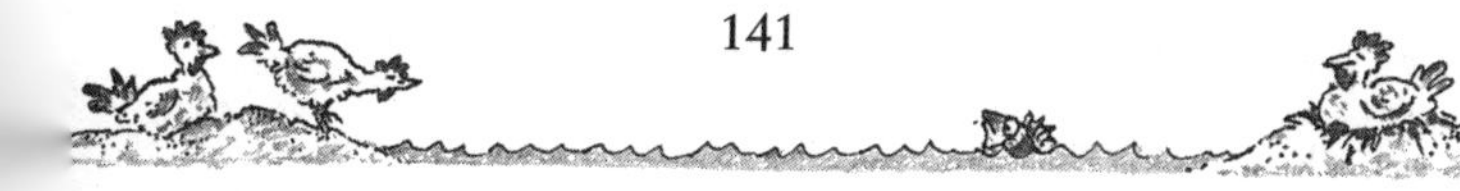

He, Fred«, sie drehte sich zu den Pygmäen um. »Was macht ihr denn heute Nachmittag? So zwischen halb vier und halb sechs? Fußball spielen?«
Willi sah sie an, als würde er ihr gern auf der Stelle den Kopf abreißen.
»Fangt ihr jetzt bloß nicht an, uns aufzuziehen, ja? Wir finden schon noch eins!«, knurrte Fred. »Ist sowieso der völlige Hirnriss, dieses Radioverbot.«
»Seht ihr?«, Melanie zwinkerte Sprotte zu.
»Staubmann hat ein Radio«, sagte Wilma. »Vielleicht leiht er es euch?«
»Den haben wir schon gefragt«, murmelte Torte. »Kannst du vergessen.«
»Er hat gesagt, er ist ein Fußballfeind«, kiekste Steve. »Und dass er sich nicht schuldig daran machen will, dass wir Gehirnverweichlichung kriegen oder so was.«
»Gehirnerweichung«, brummte Fred. »Der ist wirklich ein echter Witzbold. Ich wette, das Ding steht nur oben bei ihm rum. Wenn er nicht gerade Nachrichten hört.«
»Aber im Gemeinschaftsraum ist doch ein Fernseher«, sagte Trude. »Und samstagabends gibt's immer Fußball. Das weiß ich, weil mein Vater …«, sie stockte und biss sich auf die Lippen. »Weil mein Vater das immer guckt.«
»Das ist aber nicht live!«, rief Willi wütend.
»Tja, Jungs, Schicksal.« Melanie stand auf und zupfte ihr Kleid zurecht. »Ihr werdet es überleben.«

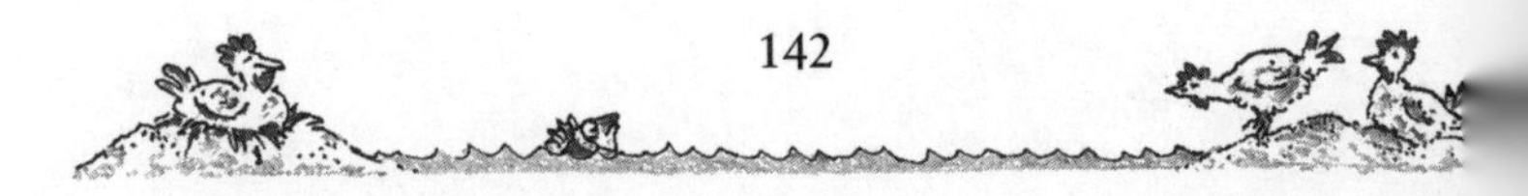

»Genau«, sagte Sprotte. »Und wahrscheinlich gewinnen sowieso diese Bayern.«
Dann legten die Wilden Hühner sich an den Strand.

Die Pygmäen ließen sich kaum sehen. Eine Zeit lang bauten sie an ihrer Sandburg herum, aber dann verschwanden sie wieder im Haus. Frau Rose las in einem Strandkorb ihren Krimi, während Herr Staubmann mit aufgekrempelten Hosenbeinen im kalten Meer herumwatete, eine stinkende Zigarette nach der anderen rauchte und ab und zu eingriff, wenn wieder jemand vollständig bekleidet ins Meer geworfen werden sollte.

Es war wirklich ein geruhsamer Vormittag, dieser letzte auf der Insel. Melanie lag die meiste Zeit platt in der Sonne, wenn sie sich nicht gerade die Fußnägel schimmelgrün lackierte. Trude sammelte mit Matilda und Frieda Muscheln und Steine, Wilma las *Tom Sawyer*, wobei sie vor Aufregung fast ihre Finger fraß – und Sprotte grub ihre Zehen in den Sand. Die Strümpfe waren das Einzige, was sie ausgezogen hatte. Sie dachte schon wieder über das Gespenst nach.

Irgendwann, nachdem sie ihre Füße genau dreizehnmal ein-

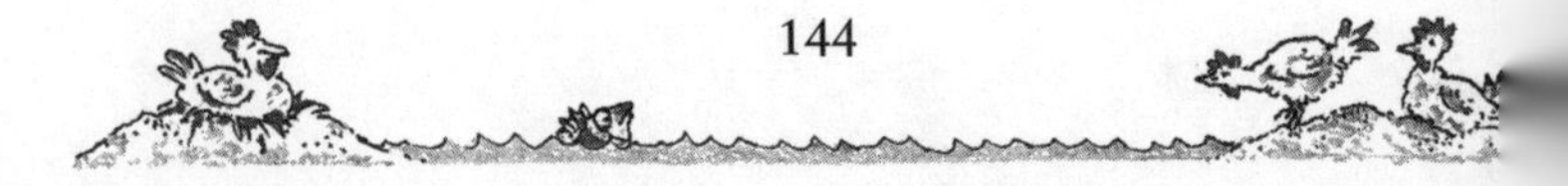

und ausgegraben hatte, sagte sie plötzlich: »Ich glaub, ich weiß, wer es ist.«
»Wer ist was?«, murmelte Melanie, ohne die Augen zu öffnen.
»Das Gespenst.« Sprotte blinzelte in die Sonne.
»Lass mich raten«, sagte Melanie. »Es ist, hm, ja, es ist Herr Appelklaas, der kleine dicke Mann aus dem Museum. Er langweilt sich so sehr in dem Museum rum, dass er in seiner Freizeit Gespenst spielt.«
»Quatsch!« Ärgerlich warf Sprotte ihr eine Handvoll Sand auf die grünen Zehen.
»He!«, rief Melanie. »Die waren noch nicht trocken. Jetzt kann ich noch mal von vorn anfangen. Oder glaubst du, ich will Sandpapierfußnägel?«
»Na, immer noch besser als Schimmelgrün«, sagte Sprotte.
Melanie streckte ihr die Zunge raus. »Davon verstehst du nichts. Aber nun sag schon, wer ist das Gespenst?«
»Nee.« Sprotte schüttelte den Kopf. »Ich hab nämlich keine Beweise. Nur Indizien, weißt du?«
»Wie du willst«, seufzte Melanie. »Vielleicht kriegst du ja heute Abend die Beweise. Das Gespenst gibt uns bestimmt 'ne Abschiedsvorstellung.«
»Bestimmt.« Sprotte guckte zum Heim hinüber. »Was die Jungs wohl treiben? Die legen uns doch wohl nicht irgendwelche Prielwürmer in die Betten?«
»Ach was!« Melanie wischte an ihren Fußnägeln herum.

»Die haben im Moment andere Sorgen. Ich wette, die rennen rum und fragen, ob ihnen jemand ein Radio leihen kann.«
»Ich seh trotzdem mal nach.« Sprotte stand auf und schüttelte den Sand aus den Hosenbeinen.
Es gab nur wenige Sachen, die sie genauso langweilig fand, wie am Strand herumzuliegen. Unkrautrupfen im Gemüsegarten ihrer Großmutter zum Beispiel. Und das musste sie leider ziemlich häufig.
Sprotte lief durch die Eingangshalle des Heims. Sie guckte auf die große Uhr. Halb drei schon. Den Pygmäen blieb nicht mehr viel Zeit, ihr Radio zu beschaffen. Als sie die Treppenstufen hinaufhüpfte, hörte sie plötzlich Steves Stimme. So ein Kieksen hatte niemand sonst. Geduckt schlich sie die letzten Stufen hinauf und lugte den Flur hinunter. Da waren sie. Alle auf einem Haufen, und sie sahen eindeutig nach schlechtem Gewissen aus. So was erkannte Sprotte selbst auf die Entfernung. Aber die Pygmäen standen nicht vor der Zimmertür der Wilden Hühner. Sie standen vor Staubmanns Tür. Willi und Fred wandten ihr den Rücken zu und beobachteten mit besorgten Gesichtern den Flur, während Steve und Torte vor der Tür knieten und mit irgendwas herumklimperten.
»Nun mach schon, Steve!«, raunte Fred.
»Wir sollten das lassen«, sagte Willi. Unruhig trat er von einem Fuß auf den andern. »Wirklich, Fred. Das geht nicht

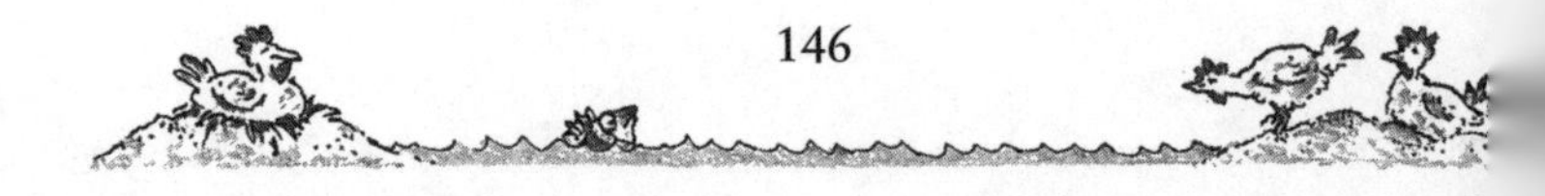

als einer von Stevies Zaubertricks durch. Das ist versuchter Einbruch. Wenn das mein Vater erfährt, der schlägt mich grün und blau.«

»Ich hab dir doch gesagt, du sollst im Zimmer bleiben«, zischte Fred. »Oder etwa nicht, oder was?«

»Ich hab's!«, kiekste Steve.

Staubmanns Tür sprang auf. Torte huschte hinein – und kam mit Herrn Staubmanns Radio wieder raus.

Sprotte hielt die Luft an. Waren die denn total verrückt geworden?

»Mann, das ist ja ein richtiger Gettoblaster«, flüsterte Willi. »Mit CD und Kassette.« Er machte einen Schritt zurück und hob abwehrend die Hände. »Mensch, bringt das Ding bloß wieder rein. Wenn damit was passiert, fliegen wir alle von der Schule.«

»Wer soll uns denn in der Abstellkammer finden?«, zischte Fred. »Die da unten im ersten Stock kennen uns doch gar nicht. Und wir müssen ja auch nicht die ganze Zeit alle vor dem Radio hocken. Einer bleibt immer unten am Strand und passt auf Staubmann auf. Wechsel alle Viertelstunde. Um Punkt Viertel nach fünf, sofort nach Abpfiff, bringt Steve es zurück, klar?«

»Klar«, sagte Steve.

Torte klemmte sich das riesige Radio unter den Arm, und zusammen kamen die Pygmäen auf die Treppe zu. Da richtete Sprotte sich auf.

»Wisst ihr was?«, sagte sie. »Jetzt seid ihr wirklich total übergeschnappt.«
Die Pygmäen wurden weißer als die Flurwand.
»Mensch, Sprotte!«, stieß Fred hervor.
»Sie wird uns verpfeifen!«, kiekste Steve. »Wir fliegen von der Schule.«
Torte leckte sich nervös die Lippen. Und Willi sah aus, als würde er jeden Moment tot umfallen.
»Quatsch, ich verpfeif niemanden«, sagte Sprotte ärgerlich. »Aber ihr solltet das Ding da schleunigst wieder in Staubmanns Zimmer bringen. Wo wollt ihr denn hin damit?«
»In eine Abstellkammer im ersten Stock«, murmelte Steve kleinlaut.
»Wir leihen es doch nur«, sagte Fred. »Nur für das Spiel! Dann bringen wir es sofort zurück.«
»Ihr spinnt!« Sprotte drehte sich auf dem Absatz um. »Total übergeschnappt seid ihr. Aber ich hab euch nicht gesehen.«
»Na, haben sie Prielwürmer in die Betten gelegt?«, fragte Melanie, als Sprotte zurück an den Strand kam. Sie hatte wieder ihr Kleid an. »War doch zu kalt im Bikini«, sagte sie. »Die, die da im Eiswasser rumspringen, müssen von Eskimos abstammen.«
»Die Jungs haben Staubmanns Radio geklaut«, sagte Sprotte.
Fassungslos sah Melanie sie an.
»Kann nicht sein.«
»Doch.« Sprotte ließ sich neben ihr in den Sand plumpsen.

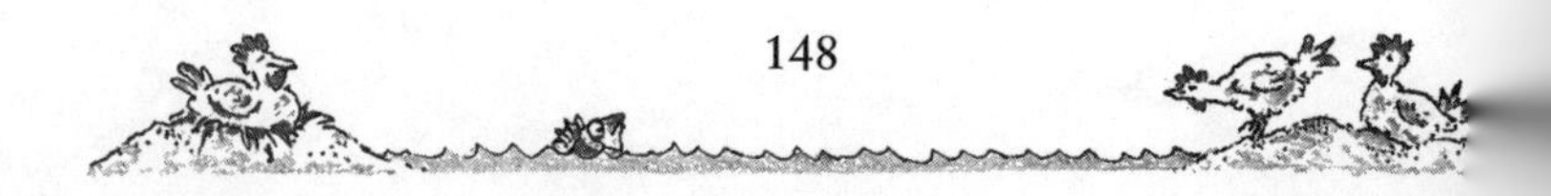

»Nur für dieses dämliche Spiel. Und jetzt hocken sie damit in irgendeiner Abstellkammer. Verrückt, was?«
»Wo ist Staubmann?«, fragte Melanie. »Ich hab ihn schon lange nicht mehr gesehen.«
»Ich schon«, murmelte Sprotte. »Er steht mit irgend so 'ner albernen Schürze auf dem Grillplatz und brät Würstchen, während Frau Rose den Kartoffelsalat auf Papptellern austeilt.«
»Was, und da hockt der dicke Steve in irgendeiner Abstellkammer, statt sich seine Portion Würstchen zu holen?« Melanie kicherte. »Mensch, die müssen wirklich ganz verrückt auf dieses Spiel sein.«
»Na, ich werde mir den Appetit von diesem Quatsch jedenfalls nicht verderben lassen«, sagte Sprotte. »Staubmanns Würstchen rochen wirklich gut. Wie wär's, wenn wir uns schon mal eine Portion holen? Frieda, Trude und Wilma stapfen auch gerade los. Oder sind deine Fußnägel immer noch nicht trocken?«
Für diese Bemerkung jagte Melanie sie im Zickzack zum Grillplatz.
Trude verzichtete auf ihre Würstchen. Auch auf den Kartoffelsalat. Stattdessen knabberte sie Knäckebrot. Steve allerdings tauchte schon bald auf, um sich einen Riesenteller abzuholen. Während er ein Würstchen nach dem andern verdrückte, ließ er Staubmann nicht aus den Augen. Aber der war völlig damit beschäftigt, für Würstchennachschub

zu sorgen. Nach einer Viertelstunde erschien Torte, ziemlich schlecht gelaunt, und übernahm Steves Wache.
»Und was wollen sie machen, wenn Staubmann doch hochgeht?«, fragte Wilma mit vollem Mund. Sprotte hatte den anderen natürlich sofort von der Radioaktion der Pygmäen erzählt. »Wollen sie ihm Beinchen stellen, oder was?«
Trude verschluckte sich fast an ihrem Knäckebrot.
Nach Torte kam Willi, und nach Willi kam Fred. Der Chef zuletzt, wie es sich gehörte.
Inzwischen saß Staubmann mit Frau Rose am Tisch, trank ein Bier, aß ein Würstchen und erholte sich von den Strapazen der Grillerei. Ab und zu wischte er sich mit der komischen Schürze den Ketschup von den Lippen.
Plötzlich stieß Wilma Sprotte an. »Er hat keine Zigaretten mehr«, flüsterte sie. »Siehst du?«
Staubmann fischte eine Zigarettenschachtel aus der Hemdentasche, lugte hinein und warf sie auf den Tisch.
»Oh, oh!« Die Wilden Hühner guckten zu Steve rüber, aber der wurde im Moment durch seine dritte Portion Würstchen vom Wachdienst abgelenkt.
Staubmann stand auf und drängelte sich an Frau Roses nackten Knien vorbei.
»Mann, die fliegen von der Schule, wenn sie erwischt werden!«, sagte Frieda besorgt.
Steve war immer noch mit seinen Würstchen beschäftigt. Da sprang Sprotte auf. »Herr Staubmann!«, rief sie.

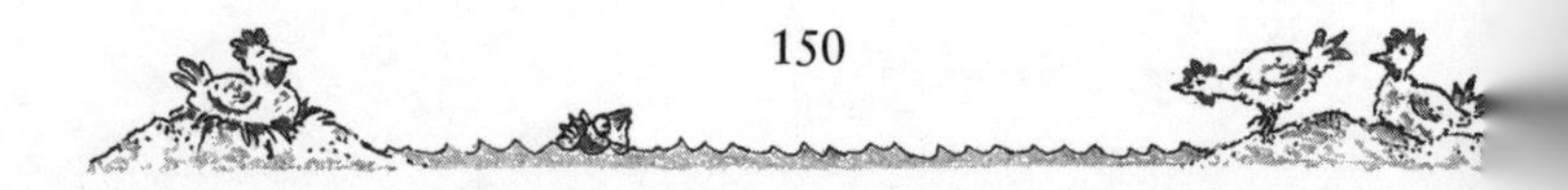

Überrascht guckte Staubmann sich um.
Steve fuhr zusammen und ließ vor Schreck seine angebissene Wurst fallen.
»Ähm, ich wollte nur was fragen«, Sprotte guckte Herrn Staubmann direkt ins Gesicht, »meinen Sie eigentlich, das Gespenst kommt heute Nacht wieder?«
Staubmann sah Sprotte an, schwieg einen Moment und lächelte dann mit dem linken Mundwinkel. »Ich glaube schon«, sagte er, »weil es doch gestern Nacht so erfolgreich war.«
Sprotte guckte ihn immer noch an. »Na, hoffentlich lässt es sich diesmal etwas mehr einfallen.«
»Wer weiß«, Staubmann zuckte die Schultern. »Vielleicht kann es nicht mehr als herumheulen und an den Türen kratzen. Ich bin kein Experte in Gespensterkunde, ich bin nur ein armer Deutschlehrer.«
Er drehte sich wieder um.
»Herr Staubmann!«, rief Trude. »Diese Zigaretten, also, die sind wirklich sehr ungesund.«
Staubmann drehte sich noch mal um.
»Da hast du leider recht«, sagte er, »aber sie sind mein einziges Laster, und eins sollte man doch haben, oder? Trotzdem«, er warf einen Blick hinauf zum Himmel, »vielleicht sollte ich wirklich einfach die gute Seeluft genießen und meiner Lunge eine kleine Atempause gönnen.«
»Genau«, sagte Sprotte. »Sehr vernünftig.«

Herr Staubmann zwinkerte ihr zu, drehte sich um – und setzte sich wieder zu Frau Rose.
»Mensch, das war knapp!«, stöhnte Wilma.
»Kann man wohl sagen!« Melanie verdrehte die Augen. »Jetzt haben wir aber wirklich was gut bei diesen Dummköpfen.«
In dem Moment kam Torte. Aufgeregt flüsterte er mit Steve, dann ging er auf den Tisch der Wilden Hühner zu. »Na«, Melanie stieß Frieda an, »wird das wieder ein Liebeszettel?«
Frieda wurde rot, aber Torte beugte sich zu Sprotte runter. »Fred sagt, du sollst mal hochkommen.«
»Ach ja?« Misstrauisch guckte Sprotte Torte an. »Will er mich neuerdings auch rumkommandieren, oder was?«
Torte verzog das Gesicht. »Könntest du, bitte, mal hochkommen?«
»Wohin? In die Abstellkammer?« Sprotte warf einen Blick zu Staubmann hinüber, aber der machte sich offenbar daran, die zweite Würstchenrunde auf den Grill zu werfen.
»Ja! Wir haben da was sehr Interessantes entdeckt, und Fred findet, du solltest es dir mal anhören.«
»Aha!« Sprotte verstand kein Wort.
»Na, kommst du nun?« Torte klopfte ungeduldig mit den Fingern auf den Tisch.
Mit einem tiefen Seufzer stand Sprotte auf. »Ja, ja. Aber wenn ich in zehn Minuten nicht wieder hier unten bin, kommen die andern vier nach, klar?«

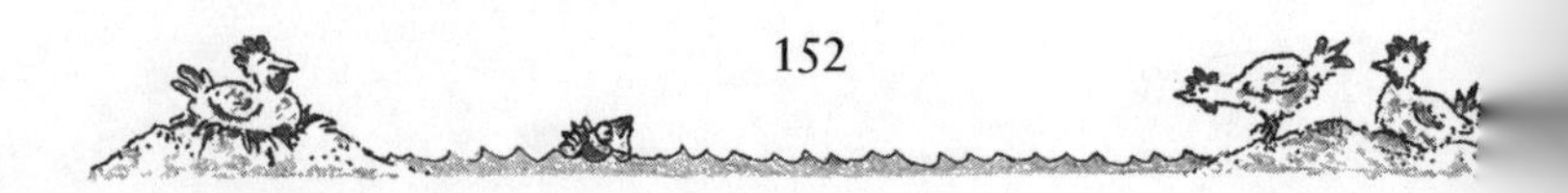

Torte nickte nur genervt. Hastig lief er voran, zurück ins Haus, die Treppe rauf, einen fremden Flur hinunter, bis sie vor einer schmalen Tür standen. Ganz leise konnte Sprotte Stimmen hören. Torte klopfte zwei Mal und dann noch ein Mal. Dann schlüpften sie hastig in die Dunkelheit.
Wie die Ölsardinen drängten sich die Pygmäen um Staubmanns großen Gettoblaster.
»Wie steht's?«, fragte Torte.
»Vergiss es!«, antwortete Willi. »Ist ein echtes Trauerspiel.«
»Und was soll ich hier?«, fragte Sprotte.
»Dir was anhören«, sagte Fred. »Und zwar das hier. Als kleines Dankeschön dafür, dass du uns nicht verpfiffen hast.«
»Ich find, das ist ein verdammt großes Dankeschön«, murmelte Willi. »Aber auf mich hört ja keiner.«
Fred schaltete von Radio auf Kassette. Dann drückte er auf Play.
Jap Lornsens Geist heulte und stöhnte aus Herrn Staubmanns Radiorekorder.
Sprotte grinste.
»Hab ich's mir doch gedacht!«, sagte sie zufrieden.
»Was?« Enttäuscht sah Fred sie an. »Das überrascht dich nicht?«
Sprotte schüttelte den Kopf. »Ich hatte mir so was zusammengereimt. Aber ich konnte es nicht beweisen.«
»Tja, wir aber«, knurrte Willi. »Staubmann ist das Gespenst, und die Pygmäen haben die Wette gewonnen.«

»Gar nichts könnt ihr beweisen«, sagte Sprotte. »Oder wollt ihr zu Staubmann gehen und sagen: Hallo, wir haben uns Ihren Rekorder mal kurz ausgeborgt, und da haben wir was gefunden?«
»Sie hat recht«, brummte Fred. »Aber wenigstens wissen wir jetzt, wer uns an der Nase rumführt. Das ist doch schon mal was, oder?«
»Stimmt.« Sprotte nickte. »Und danke, dass ihr mir Bescheid gesagt habt. Aber jetzt würde ich gern wieder hier raus.«
»Und ich will endlich das Spiel weiterhören!«, schimpfte Torte.
»Ja, ja!« Fred schaltete wieder aufs Radio, ein ohrenbetäubender »Tooor!«-Schrei dröhnte aus den Lautsprechern.
»Für wen?« Steve verschluckte fast seine Zunge vor Aufregung. »Für wen?«
Sprotte machte, dass sie rauskam.

»Staubmann!« Melanie beugte sich über Trude und schnippelte an ihrem Pony herum. »Ich fass es immer noch nicht.« Frieda stand vor den beiden und hielt Melanies Reisespiegel. Besorgt beobachtete Trude darin, wie ihre Haare kürzer wurden.

»So, jetzt noch ein bisschen Gel rein«, sagte Melanie. »Und du siehst wirklich cool aus.«

Trude schien da nicht so sicher zu sein.

Außerdem hatte keine von ihnen Gel. Melanie brauchte so was nicht bei ihren Locken.

»Aber Lippenstift hab ich«, sagte sie. »Und Wimperntusche. Sogar ein bisschen Lidschatten, siehst du?«

»Ich weiß nicht«, murmelte Trude. »Ich bleib, glaub ich, doch lieber so, wie ich bin.«

Ziemlich außer Atem stürmte Wilma ins Zimmer.

»Staubmann hat den Rekorder versteckt. Zwischen den Müllcontainern, da, wo wir alle vorbeimüssen, wenn wir heute Abend von der Disco zurückkommen. Wer nicht weiß,

wo das Ding ist, findet es nie. Aber ich«, Wilma ließ sich auf einen Stuhl fallen, »ich weiß es genau. Also, was machen wir jetzt?«
»Ich wüsste schon was.« Sprotte saß auf ihrem Bett und baumelte mit den Beinen. »Aber dafür brauchen wir die Jungs.«
Erstaunt guckten die anderen sie an. Sprotte erklärte es ihnen.
Kurze Zeit später huschte Wilma als Botin zu den Pygmäen. Vor allem Willi sollte bei Sprottes Plan eine große Rolle spielen. Man könnte sagen, die Hauptrolle.
Die Disco fand in einem Extragebäude statt, das etwas abseits lag und daher bestens geeignet war für lautere Veranstaltungen. Drinnen gab es eine kleine Tanzfläche mit Tischen und Stühlen drum herum, Poster an den Wänden, allerdings ziemlich alte, und eine Anlage mit Kassettenrekorder und Plattenspieler, aber ohne CD-Spieler, wie Steve verächtlich feststellte. Als Beleuchtung hingen da ein paar helle Spots für den DJ und ansonsten rote Glühbirnen. Was die Musik betraf, neben der Anlage stapelten sich die Kassetten, denn fast jeder aus der Klasse hatte seine Lieblingsmusik für diesen Anlass mitgebracht. Um die Getränke hatten die Lehrer sich gekümmert, zu essen gab es hauptsächlich Chips. Den meisten war sowieso noch ganz schlecht von der Würstchenfresserei am Nachmittag.
Die Wilden Hühner waren die Letzten, die zu der Party kamen. Nach den Vorbereitungen für Sprottes Gespenster-

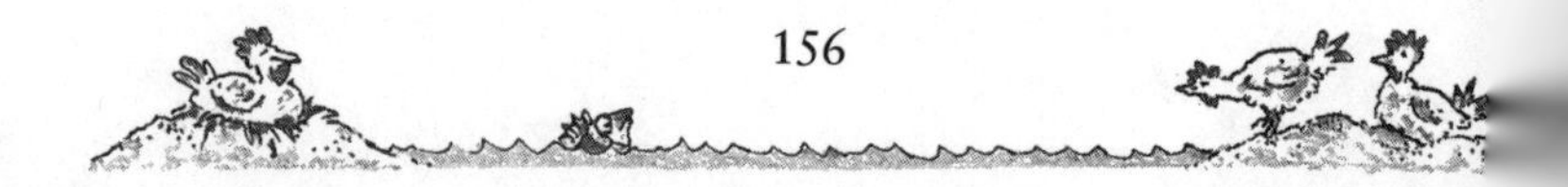

Enttarnungsplan hatte Melanie noch im Zickenzimmer Haargel besorgt, um Trude eine echte Igelfrisur zu verpassen. Das Ergebnis war wirklich gar nicht so schlecht. Danach hatte Melanie sich noch dreimal umgezogen, bis Frieda und Sprotte ihre Tasche gepackt und in den Schrank geschlossen hatten. Die andern drei gingen so, wie sie immer rumliefen, ihre Hühnerfedern um den Hals und mit Hosen, die sandig waren vom Strand. Allerdings bemerkte Sprotte, dass Frieda irgendwie blumiger roch als sonst. Melanie duftete sowieso wie immer – umwerfend.

Die Pygmäen waren schon da, als die Mädchen in den dunklen Raum kamen. Alle vier waren bester Stimmung, denn das Tor, das in der Abstellkammer gefallen war, hatte ihre Mannschaft geschossen. Sogar Willi guckte nicht so grimmig wie sonst, aber daran war wohl weniger der Fußball als die Tatsache schuld, dass Sprotte ihm die Hauptrolle in ihrem Plan zugedacht hatte. Steve trug eine Fliege und seinen Zauberanzug, den, den er bei seinen Auftritten auf Kindergeburtstagen immer anzog. Fred baumelte statt des kleinen Ohrrings, der das Erkennungszeichen der Pygmäen war, ein winziger getrockneter Krebs am Ohr. Wie ein Pirat sah er damit aus.

»Wo ist Torte?«, fragte Frieda.

»Irgendwo hinter den Kassettenstapeln dahinten«, sagte Willi. »Er hat sich freiwillig als DJ gemeldet.«

»Oh«, Frieda zupfte an ihrer Hühnerfeder herum. »Dann sag ich ihm mal kurz Hallo.« Sie warf Sprotte einen verlegenen

Blick zu und drängelte sich durch den vollen Raum in Richtung Anlage.
»Er hat ihr mindestens vier Zettel geschrieben«, flüsterte Melanie.
»Vier?« Sprotte schüttelte den Kopf. »Ich hab nur einen gesehen.«
»Ja, du!« Melanie hob spöttisch die Augenbrauen. »Du achtest ja auch nicht auf so was.«
»He, Trude«, sagte Steve. »Wir, ehm, wir haben noch was für dich.« Er nahm seinen komischen Zauberhut ab, griff hinein und zog eine lange Muschelkette heraus. »Abra Makabra. Ist 'ne echte Schutzkette gegen Traurigkeit. Wirkt fast hundertprozentig.«
»Oh, danke!«, hauchte Trude. Vorsichtig steckte sie den Kopf samt neuer Frisur durch die Kette. »Ich, ich ...«, sie lächelte verlegen, »ich weiß gar nicht, was ich sagen soll.«
»Ach, ist schon gut«, sagte Fred. »Willi hat sie gemacht.« Er tippte an sein Ohrläppchen. »Genau wie meinen Ohrring.«
»Toll«, sagte Melanie. »So einen hätte ich auch gern.«
»Kein Problem!«, brummte Willi. Verlegen guckte er auf seine Hände.
»Was ist denn jetzt eigentlich mit unserer Wette?«, fragte Steve und drehte seine Fliege wie einen Propeller.
Sprotte zuckte die Schultern. »Unentschieden, würde ich sagen. Schließlich werden wir das Gespenst ja zusammen zur Strecke bringen, hoffe ich.«

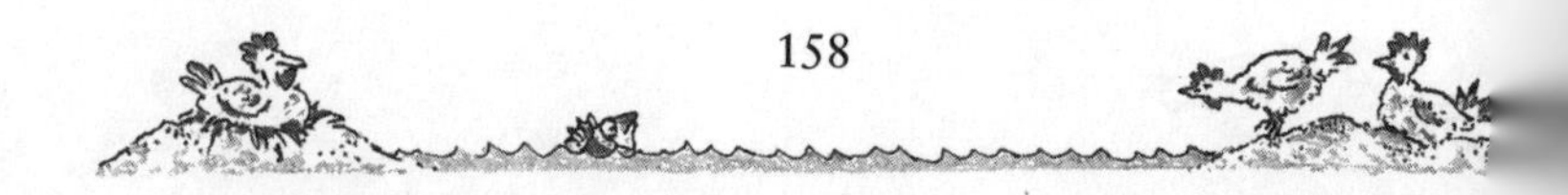

»Dann machen wir's so«, schlug Fred vor. »Wir tragen euch das Gepäck zum Zug, und dafür kriegt jeder von uns einen Tanz mit seinem Lieblingshuhn.«
»Ja, toll«, Melanie klimperte so sehr mit den Wimpern, dass Sprotte kaum hinschauen mochte. Sie selbst merkte, dass sie bis zum Haaransatz rot wurde. Aber das konnte man bei dem Schummerlicht ja zum Glück nicht sehen.
Trude biss sich auf die Lippe. »Da wollt ihr ja bestimmt alle mit Melanie tanzen, was?«
»Nicht unbedingt.« Steve kicherte albern und drehte schon wieder an seiner Fliege herum.
»Geht sowieso nicht«, sagte Sprotte barsch. »Wir sind fünf, und ihr seid vier. Da bleibt ja eine über, das ist fies.«
»Also, ich würde gern mit zwei Hühnern tanzen«, kiekste Steve. Ganz aufgedreht war er heute Abend.
Sprotte guckte die andern an.
»Ich bin dafür«, sagte Melanie.
»Ich auch«, sagte Wilma.
Trude nickte nur.
»Okay.« Sprotte seufzte. »Wie ihr wollt. Wen Torte sich aussucht, ist ja wohl klar.« Sie guckte sich um. Frieda war noch nicht wieder aufgetaucht. Obwohl Torte sich jetzt an die Arbeit machte.
Die hellen Spots gingen aus, Rotlicht machte sich breit, und die Musik dröhnte so laut los, dass Frau Rose an ihrem Tisch zusammenzuckte.

Steve nahm Wilma an die linke und Trude an die rechte Hand und zog sie auf die Tanzfläche.
Willi guckte Melanie an, guckte weg und guckte wieder zu ihr hin. Aber er brachte keinen Ton heraus.
Melanie kicherte und warf ihre Locken zurück. »Na, willst du nun tanzen oder nicht?«, fragte sie.
Willi nickte und murmelte irgendwas Unverständliches. Dann verschwanden auch die beiden auf der Tanzfläche.
Nur Fred und Sprotte standen noch unschlüssig zwischen den leeren Tischen herum.
»Tja, tut mir leid«, murmelte Sprotte. »Jetzt bin bloß noch ich übrig.«
»So 'n Quatsch«, sagte Fred. »Ich wollte sowieso bloß mit dir tanzen.«
»Was?«, fragte Sprotte.
Torte drehte die Musik immer lauter.
»Ich wollte sowieso nur mit dir tanzen!«, brüllte Fred. »Aber ich kann eigentlich gar nicht tanzen.«
»Ich auch nicht!«, brüllte Sprotte zurück.
Sie mussten beide fürchterlich lachen. Und dann versuchten sie es doch zusammen.
Von acht bis zehn sollte die Disco gehen, danach wurde der Raum abgeschlossen. Um fünf vor zehn fiel der Strom aus. Ganz plötzlich. Stockdunkel und still war es mit einem Mal.
»Keine Panik!« Sie hörten Herrn Staubmanns Stimme. »Da ist wahrscheinlich bloß eine Sicherung rausgeflogen. Ich

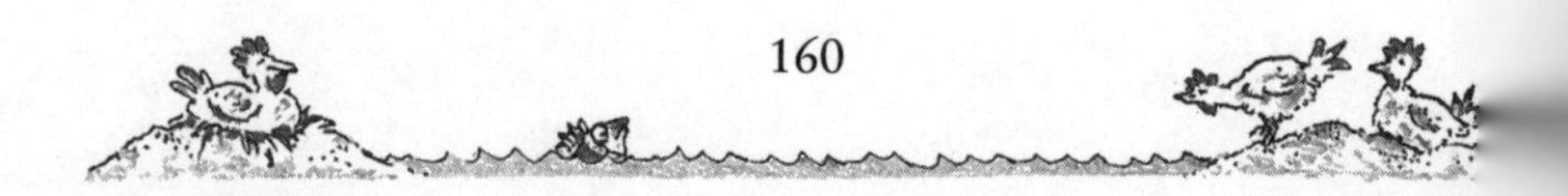

würde sagen, wir gehen alle ganz ruhig und langsam nach draußen.«
Tuschelnd und drängelnd schob sich die Klasse durch den schmalen Eingang ins Freie. Weder Fred noch Sprotte konnten andere Bandenmitglieder in der Dunkelheit entdecken.
»Das ist wohl der Auftakt für Staubmanns letzten Gespensterauftritt«, raunte Fred Sprotte ins Ohr. »Ich wette, er hat am Strom gedreht, damit die Stimmung ein bisschen unheimlicher wird.«
»Ja, gut, dass wir schon alles vorbereitet haben«, flüsterte Sprotte zurück. Sie hielt sich an Freds Ärmel fest, damit sie nicht auch noch getrennt wurden. »Gleich wird der liebe Staubmann eine echte Überraschung erleben. Fragt sich nur, wie er den Rekorder anstellen wird.«
»Keine Ahnung«, sagte Fred. »Erst hab ich gedacht, er hat eine Fernbedienung. Aber ich glaub, am Strand hat er einfach die Kassette angemacht, bevor wir losgingen. Sie war von vorne bis hinten voll Gestöhne und Geseufze, also war es ziemlich egal, wann genau wir vorbeikamen.«
»Am besten, wir gehen gleich zum Heim hinüber!«, rief Frau Rose. »Aufräumen können wir ja sowieso erst morgen früh. Ich werde wegen des Stroms beim Hausmeister Bescheid sagen.«
»Das mache ich schon!«, rief Staubmann. Hastig ging er in Richtung Landschulheim davon. Keiner achtete mehr auf ihn, außer den Hühnern und Pygmäen.

Auf halbem Weg verschwand Herr Staubmann plötzlich zwischen den Müllcontainern.
»Aha. Jetzt schaltet er das Ding an«, flüsterte Fred.
Steve drängte sich mit Wilma und Trude zu ihnen durch. Auch Willi, Melanie, Torte und Frieda tauchten zwischen den anderen auf.
»Na, dann kann es ja losgehen«, sagte Torte. »Hühner und Pygmäen sind vollzählig.«
Mit Unschuldsmiene kam Herr Staubmann ihnen wieder entgegen. Lärmend und lachend zog die Klasse an ihm vorbei. Zu den Müllcontainern waren es nur noch ein paar Meter.
»Da!«, rief plötzlich jemand. »Da! Ich hör es wieder! Das Gespenst!« Das gleiche Geheule und Gestöhne wie letzte Nacht am Strand erfüllte die Nacht. Regungslos standen alle da und lauschten.
Aber plötzlich brach das Stöhnen ab, und eine tiefe Stimme raunte: »Staubmann! Staubmann, wo bist duuuu?«
Erschrocken drehten sich alle zu Herrn Staubmann um. Der machte ein ziemlich verdattertes Gesicht.
Frieda musste sich die Hand vor den Mund pressen, um nicht loszukichern.
»Staubmann!«, grölte die unheimliche Stimme. »Du hast meine Grabesruhe gestört. Du hast die Geister meiner Opfer aufgescheucht, sodass sie mich jagen und ich keine Ruhe finde.«

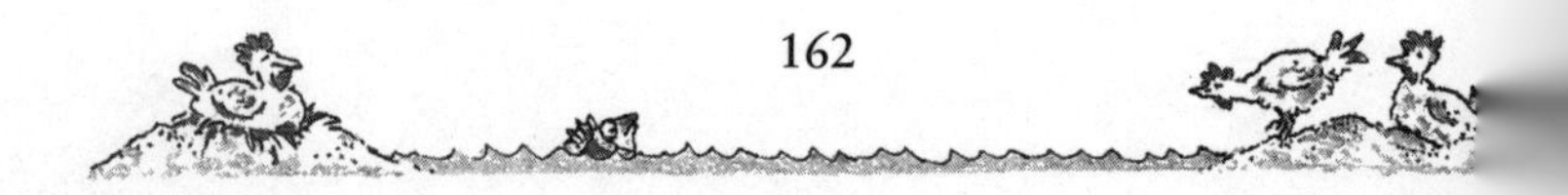

»Mensch, Willi«, flüsterte Melanie, »das hast du wirklich gut gemacht.«
»Wie ein echter Toter klingt das!«, wisperte Wilma. »Wie ein richtig echter Toter.«
Trude nickte. »Ich hab von oben bis unten eine Gänsehaut.«
Den anderen erging es offenbar nicht besser.
Keiner rührte sich. Niemand lief auf die Stimme zu oder sah nach, wo sie herkam. Selbst Frau Rose nicht. »Stauuuubmann, ich waaarne dich!«, fuhr die Stimme fort. »Lass diese unschuldigen Kinder keine Aufsätze über mich schreiben, sonst werde ich dich jede Nacht besuchen und mit meinen Knochenfingern würgen!«
Da fingen die Ersten an zu kichern.
»Gut, gut, ich gebe auf!«, rief Staubmann. Er hob die Hände, während Willis verstellte Stimme immer weiter raunte von gestörter Totenruhe, Knochenfingern und Geisterrache.
»Ich gebe alles zu!«, rief Herr Staubmann. »Ich war das Gespenst. Ja, ja.«
»Sie?« Fassungslos sah Frau Rose ihren Kollegen an. »Sie waren das? Das Kratzen an den Türen, das dreckige Lachen, das Geheule am Strand?«
Staubmann nickte. »Ich bekenne mich schuldig. Die Münzen und die Stofffetzen, von mir. Ich hatte noch mehr Sachen vergraben, aber die hat leider niemand gefunden.«
Da fing Frau Rose an zu lachen. Sie musste so lachen, dass sie sich verschluckte.

Willis Stimme raunte immer noch vor sich hin. Sprotte lief zwischen die Müllcontainer und schaltete den Rekorder aus. Als sie zurückkam, kicherte Frau Rose immer noch.

»Ausgerechnet Sie, Staubmann!«, sagte sie. »Ausgerechnet Sie!«

»Ja.« Herr Staubmann machte ein gekränktes Gesicht. »Und?«

»Eine Gemeinheit.« Frau Rose biss sich auf die Lippen. Korallenrot. »Es war eine Gemeinheit, dass Sie mich nicht haben mitmachen lassen!«

Nun guckte Herr Staubmann wirklich sehr verwirrt.

»Ich hätte bestimmt erstklassige Spukideen gehabt«, sagte Frau Rose. »Bestimmt. Ich bin tödlich beleidigt. Wie wollen Sie das wiedergutmachen?«

Verlegen strich Herr Staubmann sich über das schüttere Haar. »Keine Ahnung. Vielleicht auf der nächsten gemeinsamen Klassenreise?«

»Ein schwacher Trost, aber na gut.« Frau Rose nickte. »Ich werde Sie daran erinnern.«

»Herr Staubmann!«, rief Fred. »Spukt dieser Jap Lornsen denn nun wirklich hier irgendwo rum? Oder haben Sie sich das auch bloß ausgedacht?«

»Nein, nein, er soll schon spuken«, Herr Staubmann zupfte sich am Ohrläppchen, »aber ich habe den Ort des Geschehens von der anderen Seite der Insel hierherverlegt.« Er zuckte die Achseln. »Dichterische Freiheit, könnte man sagen.«

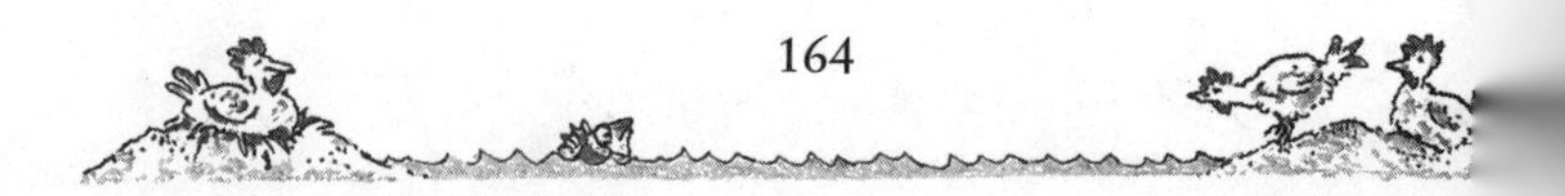

»Aber auf der anderen Seite«, Wilma sah Staubmann mit großen Augen an, »auf der anderen Seite, da spukt er wirklich?«
Die Pygmäen stöhnten auf.
»Vergiss es, Wilma«, sagte Sprotte.
»Entschuldigt, aber darf ich mal fragen«, Herr Staubmann guckte sich um, »wer mich enttarnt hat – die Hühner oder die Pygmäen?«
Sprotte und Fred sahen sich an.
»Beide«, sagte Fred. »Beide zusammen.«
»Aha, in der Tat? Interessant«, Herr Staubmann lächelte sein zufriedenstes Lehrerlächeln. »Dann habe ich nur noch eine Frage. Wessen grässliche Stimme haben wir gehört? Ich nehme doch an, es war nicht der alte Lornsen, oder?«
»Willi war's«, sagte Melanie. »Er klang scheußlich unheimlich, was?«
»Allerdings«, Frau Rose guckte Willi erstaunt an. »Du hast ja ganz ungeahnte Talente.«
»Ach was!«, brummte Willi. Er sah aus, als würde er am liebsten auf der Stelle im Sand versinken.
»Doch, doch, ganz erstaunlich«, sagte auch Herr Staubmann.
»Viel begabter als ich. Wir sollten dich für die Theatergruppe unserer Schule anwerben.«
Willi wusste nicht, wo er hingucken sollte.
»Und wer hat den Text geschrieben?«, fragte Frau Rose.
»Sprotte«, sagte Wilma. »Sie hat alles aufgeschrieben, wir haben uns den Schlüssel für das Discohaus besorgt …«

»Ja, das war leichter, als wir dachten«, unterbrach Fred sie. »Wir haben einfach gesagt, wir müssen was für heute Abend vorbereiten.«
»Ja, und dann«, erzählte Wilma weiter, »dann haben wir Herrn Staubmanns Band ein bisschen überspielt.«
»Die sind gar nicht so dumm, wie sie aussehen«, sagte jemand.
Sprotte drehte sich um. Natürlich, das war Nora gewesen. Als sie merkte, dass Sprotte zu ihr rüberguckte, schnitt sie ihr eine Fratze.
»Gut, dann«, Frau Rose klatschte in die Hände. »Ich würde sagen, wir horchen jetzt alle noch ein bisschen an der Matratze. Einverstanden? Schließlich geht es morgen wieder auf dieses furchtbare Schiff.«
»O nein!«, stöhnte Trude. »Musste sie das unbedingt sagen? Den ganzen letzten Abend hat sie mir jetzt verdorben.«
»Ach was!«, sagte Melanie und legte ihr den Arm um die Schulter. »Wir bringen dich schon auf andere Gedanken. Du wirst sehen.«

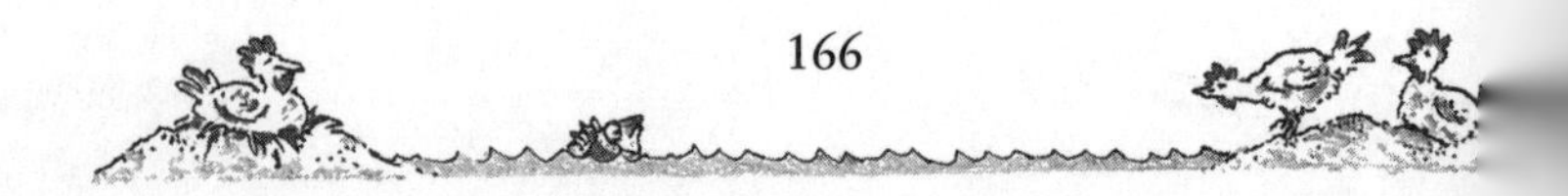

Die Wilden Hühner gingen nicht schlafen. Während Nora in ihrem Bett friedlich vor sich hin schnarchte, saßen die fünf zusammen auf Sprottes Bett, aßen Chips und Schokolade und sahen aufs Meer hinaus.
Sie hatten das Fenster weit aufgemacht, damit ihnen zum Abschied noch mal der salzige Wind in die Nasen zog. Als ihnen kalt wurde, rückten sie einfach näher zusammen.
»Jetzt müsste die Zeit stehen bleiben«, sagte Trude leise. »So für eine Woche ungefähr.«
Frieda nickte. »Wisst ihr, was ich mir manchmal vorstelle? Dass man so eine schöne Zeit einfach in ein Marmeladenglas stecken könnte. Und wenn man unglücklich ist, dreht man einfach den Deckel auf und schnuppert ein bisschen dran.«
»Ja«, murmelte Sprotte. »Ein ganzes Regal müsste man davon voll haben. Ein Glas Klassenreise, ein Glas Weihnachten, ein Glas Sonne, ein Glas Schnee …«
»Ein Glas Wilde Hühner«, sagte Wilma.

Wieder saßen sie nur da und guckten aufs Meer. Das gleichmäßige, ferne Rauschen der Wellen machte ein bisschen schläfrig.
Melanie gähnte als Erste.
Sie lehnte ihren Kopf an Trudes Schulter.
»Oje!«, seufzte Trude. »Jetzt muss ich schon wieder daran denken, dass wir morgen auf dies elende Schiff gehen.«
»Immer den Horizont im Auge behalten«, murmelte Melanie. »Das hilft. Hundertprozentig.«
»Wie hast du denn unter Deck am Daddelautomaten den Horizont im Auge behalten?«, fragte Sprotte schläfrig.
»Stimmt.« Melanie kicherte. »Aber es soll funktionieren. Hat man mir gesagt.«
»Wer hat das gesagt?«, fragte Wilma.
Melanie strich sich die Locken zurück und gähnte noch einmal. »Fred und Willi.«
»Oje!« Wilma verdrehte die Augen. »Ob man darauf was geben kann?«
»Frieda?«, fragte Melanie. »Torte und du, seid ihr jetzt eigentlich ein Liebespaar?«
Aber Frieda gab keine Antwort. Wie eine kleine Katze hatte sie sich zwischen den anderen zusammengerollt und schlief.
»Tja, dann müssen wir wohl Wilma als Spion auf die beiden ansetzen«, sagte Sprotte. »Sonst erfahren wir es nie.«
Empört verschränkte Wilma die Arme. »Also, das mach ich nicht. Nein, wirklich.«

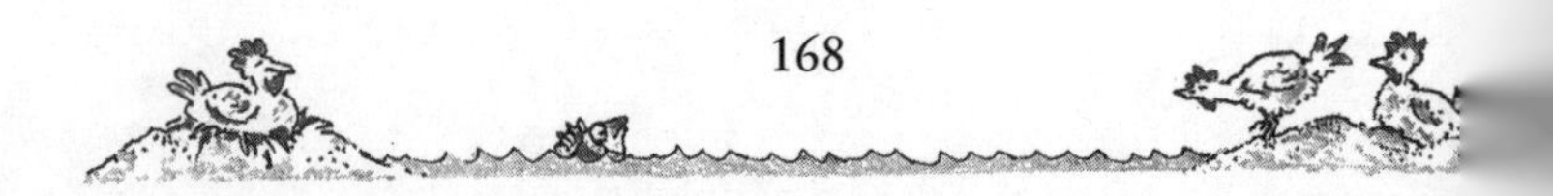

»Schon gut«, Sprotte stupste sie in die Seite. »War doch nur ein Witz.«
»Du meine Güte!« Melanie lauschte zu Noras Bett hinüber. »Nun hört euch an, wie die schnarcht. Wenn die mal heiratet, muss ihr Mann immer mit Kopfhörern schlafen.«
»Na, du redest im Schlaf«, sagte Sprotte.
»Ach, Quatsch!« Verlegen zupfte Melanie an ihren Locken herum. »Du willst mich vergackeiern.«
»Doch, es stimmt!« Trude kicherte. »Hab ich auch gehört.«
Melanie wurde knallrot.
Sprotte legte ihr den Arm um die Schulter. »Leider hat man nicht verstanden, was du gesagt hast«, flüsterte sie ihr ins Ohr. »Leider, leider.«
»Auf jeden Fall hat sie gekichert«, sagte Trude.
»Weißt du, was du machst?«, fragte Melanie. »Du ziehst dir die Decke bis unter die Nase, bis deine Füße unten rausgucken. Und Sprotte, die wälzt sich so viel hin und her, dass sie schließlich ganz ohne Decke daliegt, nur mit ihrem Stoffhuhn überm Gesicht.«
Vor Lachen fielen die vier fast vom Bett. Frieda schlief immer noch friedlich zwischen ihnen.
»Und ich?« Gespannt guckte Wilma die anderen an. »Was mach ich?«
»Du?« Sprotte kniete sich aufs Bett, drückte den Kopf in die Kissen und streckte den Hintern in die Luft. »So machst du.«

»Hört auf, hört auf!« Melanie japste vor Lachen. »Ja, genau so macht sie.«
Da wachte Frieda auf und rieb sich die Augen. »Worüber lacht ihr denn so?«, murmelte sie. »Doch wohl nicht etwa über mich?«
»Nein, nein«, sagte Sprotte. »Du schläfst ganz normal. Wie ein Kätzchen.«
»Na, dann ist ja gut.« Frieda machte die Augen wieder zu und rollte sich noch ein bisschen enger zusammen. »Sagt mir Bescheid, wenn wir zu Hause sind«, murmelte sie. »Dieses blöde Schiff schaukelt wirklich ganz scheußlich.«
Das war zu viel.
Wilma musste so lachen, dass Melanie sie in letzter Minute vorm Absturz rettete.
»Das haben wir vergessen«, sagte Trude, als sie sich endlich wieder beruhigt hatten. »Ein Marmeladenglas voller Lachen. Das wär auch nicht schlecht.«
»Ja, aber dann dürfen keine Witze von Torte drin sein«, sagte Sprotte.
»Die Jungs kommen in ein Extraglas«, meinte Melanie. »Für besondere Gelegenheiten.«
»Aufhören!«, stöhnte Trude und rieb sich den Mund. »Mensch, mir tun von dem ganzen Gelache schon die Mundwinkel weh.«
»Ich hab mal von einem gelesen, der sich totgelacht hat«, sagte Wilma.

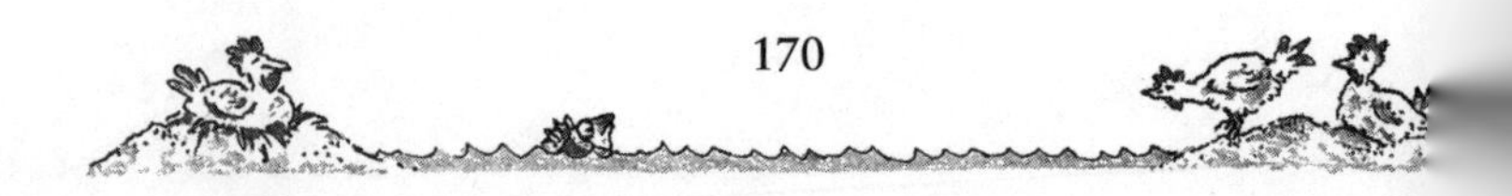

»Was für 'n schöner Tod!« Sprotte nahm ihr Stoffhuhn in den Arm, kuschelte sich ganz dicht an Frieda und machte die Augen zu. »Das war wirklich 'ne erstklassig gute Klassenreise«, murmelte sie noch. »Ich hoffe bloß, Staubmann verdirbt nicht alles und lässt uns 'n Aufsatz darüber schreiben.«
»Tut er garantiert«, gähnte Melanie. »Macht mal einer das Fenster zu?«
Aber die anderen waren alle eingeschlafen. Frieda und Sprotte mit dem Kopf auf der einen Seite, Wilma und Trude auf der anderen.
Da kletterte Melanie gähnend aus dem Bett, tapste zum Fenster, warf noch einen letzten langen Blick aufs Meer und kroch zurück zu den anderen. Ein klitzekleines Plätzchen fand sie noch, mit Trudes Zehen vor der Nase und Sprottes Ellbogen im Rücken. Aber trotzdem schlief sie sofort ein.